よろず屋稼業　早乙女十内(六)

神無月の惑い

稲葉　稔

幻冬舎時代小説文庫

よろず屋稼業　早乙女十内（六）

神無月の惑い

目次

【主要登場人物】

早乙女十内　旗本の父を持ちながら、自分の人生を切り拓くためにあえて市井に身を投じ、よろず屋稼業を営んでいる。

服部洋之助　北町奉行所定町廻り同心。十内を「早乙女ちゃん」と呼ぶ。

松五郎　小網町の岡っ引き。十内に対して威圧的な態度を取る。

孫助　年中酒に酔っているが、江戸市中で起きた出来事に精通している。

狩野祐斎　絵師。十内に頼まれて似面絵を書くこともある。

お夕　十内を慕っていた町娘。絵師・狩野祐斎の雛形（モデル）をしていた。

辰兵衛　横山町一丁目にある呉服屋・伊沢屋の主。女房に浮気を疑われている。

お文　辰兵衛が月に二、三回会っている若い娘。

甲造　お文といっしょに住んでいる指物師。

茂兵衛　道具屋・大多喜屋の主。失踪した女房探しを二十両で十内に依頼する。

お景　茂兵衛の女房。

直吉　お景の幼馴染みの大工。

勇三郎　会津の博徒の食客をしていた男。

日下部清五郎　下谷稲荷町に住む旗本。

第一章　伊沢屋の悩み

一

水晶をばらまいたような星が、冬空にきらめいていた。

さして強くはない冷たい風が、江戸の町をすり抜けている。夜の帳《とばり》はすっかり下りており、通りは閑散としていた。ところどころにある料理屋や居酒屋の軒行灯《のきあんどん》が、うっすらとその通りを染めていた。

早乙女十内《さおとめじゅうない》はひとりの男を尾行していた。前を行く男は地味な縦縞《たてじま》の着物に、梅《ばい》幸茶《こうちゃ》の羽織《はおり》を引っかけている。

尾《つ》ける十内も普段とちがって地味ななりだ。着流した小袖《こそで》の上に、綿入れ半纏《はんてん》を着込んでいるだけだった。帯もどうということのない献上《けんじょう》だ。

男は辰兵衛《たつべえ》という名だった。横山町一丁目にある呉服屋・伊沢屋《いざわや》の主《あるじ》だ。十内は気づかれないように、一定の距離を保って尾けつづけている。

この尾行にこぎ着けたのは、やっとのことだった。もちろん、仕事でやっているのだが、その依頼主は北町奉行所の定町廻《じょうまちまわ》り同心の、服部洋之助《はっとりようのすけ》だった。

十内は一度は断ったのだが、洋之助がいつになく弱り切った顔をするし、

「頼めるのは早乙女ちゃんしかいないんだよ。一生に一度のおれのお願いだと思ってやってくれ。頼む、このとおりだから」

そうやって頭を下げたのだ。

食えない町方《まちかた》であるし、十内のことをなにかと煙《けむ》たがる男だ。ときには敵意剝《む》きだしにするときもあれば、猫なで声で手先仕事を手伝わせることもある。見返りの報酬も、なんだかんだと口実をつけ、当初口にした金額より少なくわたすのが常だ。

しかし、頭を下げられれば、いやといえないのが十内の人の好《よ》さである。それに、「よろず相談所」なる看板をさげている手前もあった。

洋之助の依頼は、伊沢屋辰兵衛の浮気相手を調べてくれというものだった。十内は当然、犯罪がからんでいるのだろうと思ったが、そうではなかった。

「伊沢屋の女房が焼き餅焼でな。亭主・辰兵衛のことが気になって仕方ねえらしいんだ。それというのも、辰兵衛がその浮気相手にしこたま金をつぎ込んでいるっていうから穏やかじゃない。女房のお重《しげ》が、その証拠をつかんでくれってんだ」

洋之助はおれみたいな町方の同心が、町人の浮気相手探しなどできないし、そんなことをやっている暇はない、だが、伊沢屋には世話になっているので、無視することもできないというのである。

（そういうことか……）

依頼の内容をすっかり聞いてから、十内は洋之助の腹の内を読んだ。

洋之助は伊沢屋から盆暮れの付け届けをもらっているのだ。ひょっとすると、なにかとうまい口実をつけて、盆暮れ以外にも袖の下を無心していることが、大いに考えられる。洋之助とはそういう男だ。

町方の、それも市民の安全と治安を守る、外廻りの同心ともなれば、町の者たちから一目も二目も置かれる存在だ。揉《も》め事が起きれば、いち早くなかに入って調べるのが、定町廻り同心である。

それゆえに、町屋の商家は日頃から町奉行所同心や与力《よりき》と懇意にし、味方につけておく必要がある。それが後ろ盾となり、少々厄介《やっかい》ごとが起きてもすんなり解決できるからだ。そういった市民の弱みにつけ込んでいるのが、洋之助である。

それはさておき、いやな同心からの依頼とはいえ、仕事はやらなければならない。

十内は伊沢屋辰兵衛を尾けつづけた。

じつはこれまで三回ほど、辰兵衛の尾行に失敗していた。気づかれたからというのではない。辰兵衛は自分の店を出ると、決まって行く料理屋が何軒かある。

そのうちの一軒――柳橋《やなぎばし》の牡丹亭《ぼたんてい》である。

過去三回、十内はその牡丹亭で辰兵衛を見失っていた。いつまで待っても店から出てこないのだ。最初は店に泊まったものと思い、あきらめた。

二回目は客になって店に入った。手許不如意《てもとふにょい》だったので、酒を二本つけてもらっただけだった。料理も最も安いものを一品だけ注文した。酌婦などつけられなかったので、料理を運んできた仲居に、それとなく辰兵衛のことを聞くと、もう帰ったという。

そのとき、十内は表で半刻《はんとき》（約一時間）ほど待っていた。そして、店に入って小半刻（約三十分）ほどだったから、どこかですれちがったのだろうと思ってあきらめるしかなかった。

三回目は店が終わるまで待ったが、辰兵衛はついに姿をあらわさなかった。客はすっかり引け、店のあかりも消えた。通いの奉公人をつかまえて辰兵衛のことを聞くと、

「あの旦那《だんな》でしたら、いつも表から店においでですが、お帰りはどういうわけか裏の勝手を使われるんです」

と、いうのだ。

奉公人は、なぜ、そうするのかはわからないと言葉を足して、首をひねりもした。

それで、四度目の正直とばかりに、十内は牡丹亭の裏の勝手口を見張っていたのだった。すると、やはり辰兵衛が出てきた。

それでようやく、いま尾行をしているというわけである。

御蔵前《おくらまえ》の通りを北へ向かった辰兵衛は、浅草天王町《てんのうちょう》の角を左へ折れた。提灯《ちょうちん》をさげているから、遠目でも見失うことはない。十内は距離を置いて、同じ角を曲がった。

右側は町屋だが、左は備中鴨方《びっちゅうかもがた》藩池田信濃守《しなののかみ》屋敷の長塀である。

辰兵衛が行ったのは、その通りの先にある浅草猿屋町《さるやちょう》だった。鳥越川《とりごえがわ》にほど近い古びた一軒家だった。

そっと、あとを尾けてきた十内は、物陰に身を寄せて様子を窺《うかが》った。辰兵衛は戸口の前で、小さな訪《おと》ないの声をかけた。すると、すぐに腰高障子《こしだかしょうじ》が開いて、若い娘が出てきた。

その娘の顔が、辰兵衛の提灯のあかりに浮かびあがった。瓜実顔《うりざねがお》で肌の白い女だった。口許に柔和《にゅうわ》な笑みを浮かべ、少し腰を低くして辰兵衛を家のなかにいざなった。

二

服部洋之助に会ったのは、翌日の昼前だった。

十内は市中見廻りを日課にしている洋之助のことはだいたい把握しているから、通油町の自身番そばの茶店で時間をつぶしていると、案の定、小者《こもの》と岡っ引の松五郎を連れた洋之助が姿をあらわした。

「よお、これは早乙女ちゃん」

十内に気づくなり、洋之助がひび割れたような声をかけてきた。洋之助に金魚の糞《ふん》のようについてまわる松五郎は、相変わらず愛想《あいそ》が悪い。

十内は、にかっ、と松五郎に笑って見せてから「例のことがわかった」と、洋之助に耳打ちした。

「なに、さようか。では、話を聞こう」

そう応じた洋之助は、おまえたちはちょいと向こうへ行っていろと、まるで犬でも追い払うように松五郎と小者の弁蔵《べんぞう》にいいつけて、茶店の床几《しょうぎ》に座った。

洋之助はどういうわけかこの件になると、自分の手先に知られたくない様子だ。だが、十内はそんなことはどうでもよかった。

「それで相手は誰だ？」

「十七の娘だ。名はお文《ふみ》という」

十内は対等の口を利く。

「なに、十七だと。小娘じゃねえか。そんな若い女と、伊沢屋は乳繰りあっていたのか……」

「それはどうかわからない。女は父親といっしょに住んでいる。その家に、伊沢屋は月に二、三回足を運んでいるらしい」

「父親といっしょだとォ……そりゃ、どういうことだ。その父親が二人の仲を認めているってことか……」

「詳しいことはわからないが、昨夜、伊沢屋は娘に腰と肩を、小半刻（三十分）ほど揉んでもらうと、そのまま自分の店に戻った。伊沢屋は娘のことをお文と呼んでいたが、男と女の仲とは思えなかった」

「それじゃ、おかしいな。伊沢屋は浮気をしているはずだ。女房のお重は、そうにらんでいる」

「たしかに浮気をしてるって証拠はないんだろう」

「何いってやがる。女の勘は馬鹿にできねえ。それじゃそのお文という小娘じゃなく、他に女がいるのかもしれねえ」

「そりゃ、ない」

　十内はきっぱり否定した。ここ一月《ひとつき》、伊沢屋の行動は監視しているので、それだけは断言できた。そのことを話すと、洋之助は十手《じって》で自分の肩をトントンとたたきながら、しばらく考える目をした。

額の広い面長《おもなが》色白の顔が、やわらかな冬の日を浴びている。

「ひょっとすると、その親父《おやじ》の目を盗んでいい仲になっているんじゃねえか」

洋之助は肩をたたくのをやめて、十内に顔を戻した。

「それはどうだろう。まあ、おれも表から盗み聞きしただけだから、何ともいえないが……」

「よし、もう少し探ってくれ」

「それはいいが、一月もこのことにかかりきりだ」

十内はそういって、右の掌《てのひら》を差しだし、まさかただ働きさせようとしているわけじゃないだろうなと、洋之助をまっすぐ見る。

「早乙女ちゃんもしっかりしてるね。だがよ、こんなことに一月もかけるってのも、どうかしているぜ」

「じゃあ、やめるか」

そういってやると、洋之助は慌てて「わかった、わかった。頼めるのは早乙女ちゃんだけなんだ」といって、しぶしぶと小粒（一分金）二枚を掌にのせてくれた。

洋之助と別れた十内は、何度もため息をついた。こんな相談事はあまり受けたくなかった。それも相手は洋之助である。それなのに、ちっとも真相がわからない。斬った張ったという荒事でないのはましだが、どうにも気乗りしない仕事だった。それでも、伊沢屋の相手のことがわかったのだから、調べるだけは調べなければならない。

十内は気持ちを切り替えて、お文が住む浅草猿屋町に向かった。

今日はいつものように派手ななりだ。銀鼠色《ぎんねずいろ》の鮫小紋《さめこもん》の着流しに縹色《はなだいろ》の羽織、深紅の帯に白足袋《しろたび》、雪駄《せった》履きである。

昨夜とちがい、ぽかぽかと暖かい小春日和《こはるびより》だった。日なたで昼寝している猫が大あくびをすれば、裸足《はだし》で担い売りをしている男も、半纏を脱いだ腹掛け一枚だった。

十内は鳥越川沿いの道をゆっくり歩いた。水面《みなも》が空に浮かぶ、綿をちぎったような雲を映していた。

お文の住んでいる一軒家の表に、ひとりの男がいた。長床几に腰掛け、うまそうに煙草《たばこ》を喫《の》んでいた。

十内は川岸に立つ柳の幹に隠れて様子を見た。

男は六十近い年寄りだ。お文の父親にしては年を取り過ぎている。近所のものだろうかと、様子を窺っていると、お文が危なげな足取りで戸口から出てきた。年寄りと短く言葉を交わすと、年寄りは座っている床几に煙管《キセル》の雁首《がんくび》を打ちつけて、灰を落とし、お文の手を借りて家のなかに戻った。

足が悪いのだとわかった。お文の手を借りないと歩けないのだ。すると、お文の祖父なのか……。そうであれば、年齢の疑問は解決する。

昨夜、訪ねた木戸番小屋に行くと、番太は十内を覚えていたらしく、こりゃどうも、と気安く挨拶《あいさつ》をしてきた。

「昨夜、お文という娘のことを聞いたが、いっしょに住んでいる年寄りがいるな。ありゃあ、お文の爺《じい》さんかい？」

「甲造《こうぞう》さんのことですか。誰もが最初はそう思ったんですが、そうじゃありませんよ」

狭い木戸番小屋には、草鞋《わらじ》や蠟燭《ろうそく》や線香、鼻紙などが置かれていた。みんな売り物だ。そうやって安い木戸番の報酬を補っているのだ。

番太は内職仕事の草鞋を編みながらつづける。

「甲造さんは膝《ひざ》が悪くてうまく歩けないんですよ。杖《つえ》を使ってやっと歩けるという按配《あんばい》でしてね。それで、お文ちゃんがあれこれ面倒を見てんです。血のつながりは何もありませんよ」

「暮らしはどうしてんだ？」

番太はそこで作業の手を止めて、十内に顔を向けた。

「旦那は、何を調べてんです」

と、聞いてから十内の派手な身なりを訝《いぶか》しそうに見た。

「おれはあやしいものじゃない。ちょいと町方に頼まれて調べごとをしているだけだ。あのお文がどうのこうのというわけじゃないが、気になることがあってな」

十内は正直なことをいってから、最後は曖昧《あいまい》に濁した。

「それじゃ御番所の息のかかった人で……」

「まあ、そういうわけだ」

「そりゃどうも失礼いたしやした。すると、お文ちゃんが悪いやつに何かされそうになっているとかってことですか？」

番太は興味津々の顔になったが、十内はこのことはないしょだといって、酒手《さかて》をわたして木戸番小屋を離れた。あまり深く詮索《せんさく》されるとぼろが出るし、番太は口が軽そうだから適当に切りあげたほうがよさそうだった。

再び、お文の家に足を向けると、そのお文が表に姿をあらわした。はたと十内が足を止めると、お文も立ち止まってじっと見つめてきた。

「何か、ご用でしょうか」

三

お文の目は清らかに澄んでいた。人の心に染みわたるようなきれいな瞳だ。それに錦絵の美人画のような整った顔立ちをしている。透けるような肌はやわらかな日《ひ》射《ざ》しに輝き、口許には愛くるしさがあった。

「いや、なんでもない」

十内は一度つばを呑《の》み込んで答えた。それは、お文に人を魅了するほどの力があるからだった。十内は狼狽《うろた》え、胸に高鳴りさえ覚えたほどだ。

（美しい……）

他に表現のしようがなかった。

お文は口許に小さな笑みを浮かべると、軽く会釈《えしゃく》をして十内の横をすり抜けていった。と、すぐに小さな悲鳴がした。十内が振り返ると、石につまずいたのか、お文が倒れていた。両手で上体をあげようとしていたので、十内はとっさに近づいて、手を貸してやった。

「大丈夫か？」

「はい、すみません。なんともありませんので……」

そういうお文だが、膝を打ちつけたらしく、そのあたりをさすっていた。

「怪我《けが》をしたんじゃないか？」

「大丈夫です。ご親切にありがとうございます」

十内の手を借りて立ちあがったお文は、深く一礼をした。

「ちょいと訊《たず》ねるが……」

直接お文に聞くつもりはなかったのだが、我知らず十内の口から言葉が漏れていた。

「なんでしょう？」

「その、いっしょに住んでいる甲造という爺さんだが、おまえさんとどういう関係なんだ？」

お文は怪訝《けげん》そうに首をかしげた。

「なぜ、そんなことを……」

当然の疑問だろう。

「気になったまでだ。甲造は膝を悪くして歩くのが大変らしいじゃないか。おまえさんが生計《たつき》を助けてるのか？」

「…………」

お文は十内の問いかけの真意を推し量るように見てくる。また、見えにくいものを見るように、目を細めもした。

「いいえ、おじさんは腕のいい指物師《さしものし》ですから、暮らしのことは……でも、どうしてそんなことをお訊ねになるのです？　おじさんのお知り合いですか？」

「いや、甲造さんの噂《うわさ》をちょいと耳にしてな。それで気になっていただけだ。すまぬ、悪いことを聞いたようだ」

十内がばつの悪そうな笑みを浮かべると、お文は、

「おじさんはいい人です」

と、一言いってまた歩き去った。ところが数間《けん》も歩かないうちに、横道から出てきた職人ふうの男とぶつかって倒れた。

「おら、どこ見て歩いてやがんだ。ぼさっとしてんじゃやねえ」

「すみません」

お文が手をついたまま謝ると、

「何がすみませんだ。くそ女が、ペッ」

と、男はつばを吐きかけて立ち去ろうとした。十内はカッと頭に血を上らせて、その男の腕をつかんだ。

「待て、ちゃんと謝っているんだ。つばを吐きかけることはないだろ。おまえがいきなり横から出てきたからぶつかったんじゃないのか。それを人のせいにする気か」

「な、なんだよ」

十内は背が高いし二本差しである。男はたじろいで、手を振り払おうとしたが、十内は放さなかった。

「謝るのはお互い様だ。つばを吐きかけるとは無礼であろう」

十内はお文の手前があるので、いつものべらんめえ調ではなく、侍言葉で叱りつけた。

「いいんです、わたしが悪いんです。その人を許してやってください」

立ちあがったお文が泣きそうな顔で訴えたので、十内はしかたなく男の手を放した。

「ほら、そういうことですよ」

男は面白くなさそうな顔をして、去っていった。

「わたしがいけないんです。ご親切にありがとうございます」

お文は十内に頭を下げる。

「しかし、そなただけが悪いんじゃないんだ」

「いいえ、わたし……目がよく見えないんです。だから、気づくのが遅れるんです」

十内はお文を眺めた。

「目が、悪いのか……」

こくんと、お文はうなずいた。

「それじゃ外歩きは難儀じゃないか」

「いいえ、あかるいときは何となく見えるんです。ぼんやりとですけれど……」

「どこへ行くんだ？」

「その先の青物屋さんです。漬け物を買いに……」

「いっしょに行ってやろう」

お文は断ったが、気が気でなくなった十内は強引についていった。たしかに、お文の足取りはおぼつかなかった。漬け物を買うと、そのまま家まで送り届けてやった。

「その人は……」

土間先の部屋で仕事をしていた甲造が十内を見てきた。

「買い物に付き合ってくださった親切なお侍様です。早乙女十内様です」

お文が答えると、甲造は豆絞りの手拭《てぬぐ》いを頭から外して、それはご親切にどうもと頭を下げた。

「気にすることはない。黙って見ていられなかっただけだ」

「それはまったく相すみませんで、お文、お茶を……」

十内は断ったが、今度はお文が聞かなかった。どうしても飲んでいけという。しかたなく十内は上《あ》がり框《かまち》に腰掛けた。

甲造の座っている場所には、三つ引きの棚や小《こ》簞笥《だんす》が置かれていた。そして、甲造は新しい茶簞笥を作っているところだった。鉋屑《かんなくず》が散らばり、指物道具が甲造のまわりに無造作に置かれていた。

「お文はいい娘だな」

湯呑みをもらったあとで十内がいうと、

「この子が来てくれて助かっています。あっしは両の膝を痛めちまって、歩くのがままならなくなりましてね。どうにか仕事だけはできるんで、何とかなっていますが……」

と、照れたように甲造が答えた。

「まったく歩けないのか？」

「いえ、杖を使えばなんとかなります。火を熾《おこ》したり、ちょっとした台所仕事はできますが、長く歩いたり立っているとつらいんです。しかし、お文のことを思えばあっしはまだ幸せなほうです」

甲造は饒舌《じょうぜつ》だった。顔には年輪を刻んできた深いしわが彫られていた。そして、薄い胡麻塩頭だった。

「なぜ、そうだと……」

「お文は目が弱いんです。あかるい日中はぼんやり見えるといいますが、医者はそのうち何も見えなくなるといいます。あっしは足を悪くしていますが、世の中のことがなんでも見えます。夕焼けも、きれいな花や星空も、大きな虹も見ることができますが、この子はそれを見ることができません。だから、あっしはちょっとのことを不満に思って愚痴《ぐち》をいったら罰《ばち》あたりだと思っておりやす。それにこの子は、そんなことはちっとも口にしません」

甲造は憐憫《れんびん》のこもった眼差《まなざ》しを、お文に向けて首を振った。その目が潤んでいた。

「おじさん、またそんなことを……わたしはもう慣れていますから、いいっこなしよ。何度いっても聞かないのね」

お文はあかるくたしなめるようにいって、微笑《ほほえ》んだ。輝くような微笑みだった。

十内はなんだか胸を打たれた。

（この二人には血のつながりはないというが、ほんとうの親子より親子らしいではないか）

そう思わずにはいられなかった。

「お侍様、世の中は捨てたもんじゃありませんね。あっしはつくづくそう思うようになりました。まあ、それも伊沢屋の旦那がいらっしゃるからではありますが……」

甲造は何気なくいったが、十内ははっと顔をあげた。

「伊沢屋……」

「へえ、なにかと世話を焼いてくれる呉服屋の旦那です。世の中には悪い人間もたくさんいますが、いい人もいます。あっしもお文も、あの旦那がいなきゃ、どうなっているかわからないんです」

「さようか。しかし、なぜ伊沢屋が……」

「さあ、それはあっしにもお文にもわからないことです。ただ、伊沢屋さんには足を向けて寝ることはできません」

十内は湯呑みを口許で止めたまま、宙の一点を見つめた。

伊沢屋は浮気をしていたのではなく、人助けをしていたのだ。それを、伊沢屋の女房は思いちがいをしているのだ。

しかし、なぜ伊沢屋はこのことを黙っているのだろうかと思った。

(伊沢屋に会ってみようか……)

四

その日の昼下がり、十内は早速伊沢屋に行った。主の辰兵衛に会うなり、お文のことを口にすると、辰兵衛は心底驚いた顔をした。

慌ててまわりを見てから、どういうことでしょうと、声をひそめる。

「そのわけを知りたいだけだ。お文とおまえさんの間柄を……」

十内も声をひそめて応じた。

「へっ」

辰兵衛は額に浮かんだ冷や汗を、手拭いで押さえ、

「なぜ、そんなことをお訊ねになるのかわかりませんが、ちょっと店では話しにく

いので、少し表でお待ちいただけませんか。すぐにまいりますので……」

と、いうので、十内は伊沢屋を出て待った。

呉服屋・伊沢屋は様子を眺めるだけで、繁盛しているとわかった。奉公人の数も十人はくだらない。

服部洋之助があれこれ便宜を図って、役得を得るには恰好《かっこう》の店だろう。

辰兵衛はすぐにやって来て、そのまま柳橋にある船宿・川一《かわいち》の二階座敷に十内を案内した。

「それでいったいなぜ、お文のことを……」

辰兵衛は緊張の面持ちだ。脂《あぶら》の乗りきった男だが、いまは繁盛店の主という威厳はない。

「これはないしょの話にしてもらいたい。他言はするな」

「そりゃもちろんでございます。わたしのほうからお願いしたいところです」

十内は正直なことを打ち明けることにした。

「おまえさんの店の面倒を見ている、服部洋之助という同心がいるな」

「はい、お世話になっております」

「その服部がおれに頼んできたんだ。つまり、おまえさんが浮気をしている。その浮気相手を調べてくれとな。その服部に、この相談を持ちかけたのは、おまえさんの女房だ」

「えッ、うちのが……」

辰兵衛は目をぱちくりさせたあとで、肩を落としながらため息をつく。

「お重がそんなことを服部様に……」

「それで、直截《ちょくせつ》に聞くが、おまえさんは浮気はしていないんだな」

「浮気なんて、とんでもありません」

辰兵衛は目の前で手を振って否定した。

「ここ一月ほどおまえさんが仕事を終えて、店を出たあとのことを調べたんだ。たしかに浮気の疑いはなかった。ところが、柳橋の牡丹亭で、決まったようにおまえさんを見失った。おかしいと思っていたら、なんと裏の木戸口からいつも帰っていくという。それで、そのあとを尾けてみると、指物師の甲造の家だった。そして、そこにお文という娘がいた。浮気相手にしてはどうもおかしい。それに甲造という年寄りもいる」

「それにはいろいろわけがあるんでございます。しかし、早乙女様はいったいどういう方で……」

素性を知りたがるのは当然のことだろう。十内は答えた。

「おれは橋本町《はしもとちょう》で相談所をやっている」

「相談所……」

「さよう。人探しから道案内、あるいはなくし物探しといったような、まあ人助けの仕事だ。ときには町方の手伝いもする。此度《こたび》は、その手伝いだ。こんな調べは、忙しい町方の同心じゃなかなかできない。それでおれにお役がまわってきたってわけだ」

「そうでございましたか。いや、しかしうちの女房がこっそりそんな調べをお願いしていたなんて……。でもまあ、うちのは焼き餅焼ですし、疑《うたぐ》り深い女ですから、こんなこともあろうかとは思っていたんで、驚きはしませんが、それにしてもやはりそうでしたか。いえ、じつはこんなこともあろうかと思い、牡丹亭に行ったときは、裏の木戸口から出るようにしていたんです」

「なぜ、女房に隠す。別にやましいことはしておらぬだろう。甲造は、おまえさんには足を向けては寝られないと感謝しているほどだ。その甲造の口ぶりだと、お文を紹介したのもおまえさんのようだが……」

「話せば長くなりますが、こうなったら話さなきゃ納得されないでしょうね」

辰兵衛は独り言のようなことをいって、お文と甲造との関係を話した。

お文は辰兵衛が若いころ付き合っていた女との間にできた子だった。

「お鶴《つる》という女で、本所尾上町《ほんじょおのえちょう》の料理屋の仲居をしていました。そのころ、わたしには連れ合いがおりました。連れ合いというのは、いまの女房ですが、わたしはお鶴に惚《ほ》れてしまい、いつしか深い仲になりまして、それでできたのがお文でした」

「…………」

「わたしはずいぶん悩みましたが、気のやさしいお鶴は、ひとりでお文を育てるといいます。父《てて》なし子になってしまうが、わたしの夫婦仲を裂くようなことはできないといって、ひっそりと本所花町のほうに引っ込んでしまい、子育てに励んでおりました。おかげでお文はすくすくと育ったのですが、小さいときから目が弱い子で、それが気がかりでした」

「お鶴はひとりでやりくりしていたのか？」

「わたしはお文が物心つくまでは、通っておりましたが、お文が三つを過ぎたころに、会うのをやめまして、使いを出して月々の金をわたしておりました」

十内は黙って耳を傾ける。船宿の二階座敷には三組の客があったが、十内と辰兵衛はその客たちから離れた場所にいるので、話を聞かれる恐れはなかった。

「ところが二年前、お鶴が流行病《はやりやまい》にかかりましてぽっくり死んでしまいました」

辰兵衛がそのことを知ったのは、お鶴の死後三月後だった。

五

「おっかさんが死んだんだってな」

お鶴の死を、人づてに聞いて知った辰兵衛は、本所花町の長屋を訪ねた。当然、お文は辰兵衛のことを知らないから、きょとんとした顔を向けてきた。

一方の辰兵衛は立派に育ったお文を見て、感激した。お鶴の死の悲しみもあったが、いい娘になったお文を見て、目頭を熱くした。

「おじさんは、おまえのおっかさんの遠い親戚でね。死んだと聞いて、びっくりして来たんだ。線香をあげさせてくれるかね」

辰兵衛はそう断って、お鶴の位牌《いはい》に線香をあげて手を合わせた。そのとき、女房のお重と離縁して、お鶴といっしょになっておけばよかったとつくづく思ったが、もうあとの祭りだった。それに、お重との間には二人の子がいたので、無理でもあった。

（あたしが、おまえさんに惚れたばかりに、いらぬ苦労をかけちまった……）

辰兵衛はお鶴の位牌に向かって、心中で謝り涙を流した。それからお文に体を向けて、いまは何をしているのだと聞いた。

「おっかさんが死んでしまったので、はたらきに出ることにしました。親切な長屋の人がいますので、ほうぼうで聞いてもらっているのです」

お文はどうぞといって茶を勧めてくれた。

そんなお文を、辰兵衛はしみじみとした目で眺めた。お鶴に似たきれいな娘だった。

「おまえさんだったら、いくらでもはたらき口はあるだろう。心配はいらないよ。だけど、苦労しちまうね」

「いいえ、わたしはおっかさんの苦労を見ていますから、ちっともそんなことは心配していません。でも……」

お文は長い睫毛《まつげ》を伏せて、言葉を切った。

「でも、なんだい？」

「はい、わたしあまり目がよくないんです。お医者に、そのうち見えなくなるといわれました」

「なに……」

「そうなんです。あかるい昼間は不自由しませんけど、暗くなるといけません」

「目医者に診《み》てもらっているのかい？」

「診てもらっていましたが、治らないといわれました」

お文は悲しそうにうつむく。辰兵衛は自分の家に引き取ろうかと考えた。しかし、そうなるとうるさい女房のお重が何というかわからない。

目が不自由なら女中仕事にも支障を来《きた》すだろうし、細かいことにうるさいお重の言葉がいまから聞こえてきそうだった。

『あんた、いったい何を考えてんだい。目の悪い子を雇ったって役に立ちゃしないじゃないのさ』

よしんば役に立つとしても、仕事はかぎられてくるだろうし、お重はきっとお文をいびるはずだ。

(だめだ。うちに呼べば、お文が可哀想《かわいそう》だ)

辰兵衛は沈思して、今後のお文のことを考えた。

「お文ちゃん、ちょいとわたしにも考えさせてくれるかい。なに、わたしはおまえのおっかさんの親戚だ。つまり、お文ちゃんとわたしも親戚なわけだから、何か力になってやりたいんだよ」

「ほんとですか……。では、よろしくお願いいたします」

ぱっと顔を輝かせたお文は、素直に頭を下げた。もちろん、親戚などではないが、そういっておくほうが無難だった。

「それでおじさんは何をなさっているんですか?」

お文が頭を上げて聞いてきた。

「両国《りょうごく》の近くで、小さな店をやっているんだ。そんなわけで、少しぐらいなら無理は利くから、困ったことがあったらなんでも相談してくれていいよ。これからちょいちょい顔を出すことにする」

辰兵衛はそこまで話して、茶を飲み一呼吸置いた。

「それで、世話をすることにしたのか？」

十内は聞かずにおれなかった。

「はい、いろいろ考えまして、ふと甲造さんのことを思いだしたんです。甲造さんは、いってみればわたしの命の恩人なんです」

「甲造が……」

「もう、ずいぶん昔の話です」

そういって辰兵衛は、二十数年前のことを話した。

それは辰兵衛が、横山町に店を出して間もなくのことだった。

まだ若かった辰兵衛は、店がようやく軌道に乗ったこともあり、羽振りがよくて威勢もよかった。お重といっしょになる前のことで、夜ごと花街に繰りだしては、派手に飲み歩いていた。

そんなある日の晩、深川《ふかがわ》の黒江町《くろえちょう》でやくざにからまれた。酒の酔いも手伝い、

「てやんでえ、やくざごときに舐《な》められるおれじゃねえやい。金がほしいんだったら、てめえで稼いでみやがれってんだ。おれは町のダニみたいな人間に強請《ゆす》られて、はいどうぞと、財布を出すような男じゃねえんだ」

辰兵衛は啖呵《たんか》を切った。相手はその言葉を聞いて目の色を変えた。

「てめえ、いま町のダニだといいやがったな。おとなしく出てりゃつけあがりやがって、そんなことをいわれちゃ、男がすたるってもんだ。野郎ッ」

三人のなかのひとりが辰兵衛の胸ぐらをつかんだと思えば、その仲間が匕首《あいくち》を抜いて、

「ダニに殺される人間は、ダニ以下ってことだぜ。この野郎、覚悟しやがれッ」

相手が本気だと知った辰兵衛は、一気に酔いが醒《さ》めふるえあがった。恐怖に陥り謝ろうとしたが、声は喉《のど》に張りついて言葉が出てこない。

「か、か、堪忍を……わ、わたしが……」

ひとりに襟首《えりくび》をつかまれ、ひとりに匕首をつきつけられ、そしてもうひとりは人に見られないように、暗がりに連れて行けという。

辰兵衛は殺される、と本気で思った。謝って命乞いをしたいが、それもできない

恐怖に襲われていた。

「待ちな」

突然、声がかかったのは、辰兵衛が暗がりに連れ込まれようとしたときだった。それが甲造だった。

「よしなよ、相手は堅気《かたぎ》じゃねえか。それとも、おまえさんらは堅気相手に刃物を使わなきゃ、脅しのひとつもできねえのかい。どこの一家のものか知らねえが、情けねえぜ」

「おい、誰に口利いてると思ってんだ。横からしゃしゃり出てくるんじゃねえぜ」

辰兵衛の襟首をつかんでいる男がいい返した。

「その男をどうするつもりだ？」

「そんなこたァおれたちの勝手だ。よそもんはすっ込んでろ！」

ひとりが匕首を閃《ひらめ》かしてすごんだ。だが、甲造は怯《ひる》むことなくいい返した。

「すっ込んでられねえから、声をかけてんだ。いいから放してやりなよ。弱い者いじめを見て、見ぬ振りはできねえんだ」

「くそったれ、四の五のうるせえ野郎だ。だったらてめえも……」

匕首を持った男が甲造に斬りかかっていった。甲造はうまくかわしたが、背後の壁にぶつかり、片膝をついた。さらに、別の男に顎《あご》を蹴《け》りあげられた。

甲造は横に倒れたが、すぐに起きあがって腕まくりをした。

「喧嘩《けんか》するなら、死ぬ気でやるぜ。死ぬか生きるか、その心意気でかかってきやがれ」

「ふざけやがって！」

匕首を持った男が、啖呵を切った甲造に体ごとぶつかっていった。瞬間、二人は抱き合うように動かなくなった。

辰兵衛は、はっとなった。

襟首をつかんでいる男も、驚いたように目をみはっていた。

しばらくすると、匕首を持った男がゆっくり離れた。腰だめにした匕首からすうっと血が落ち、甲造がゆっくり膝からくずおれて倒れた。

それを見た三人のやくざは、まずいことになったといって、その場から逃げていった。

「あのとき、わたしは甲造さんが殺されたと思いました。しばらく何もできずに、ふるえて立っていました。卑怯《ひきょう》にも、知らないふりをして逃げようかと考えもしました」

辰兵衛は当時を思いだしたのか、ぶるっと肩をふるわせてつづけた。

「だけど、そっと声をかけました。大丈夫ですかというと、甲造さんは気にするな、あいつらは行っちまったかと、口の端に笑みを浮かべられましてね。ああ、名前が甲造さんというのはあとで知ったことですが、わたしは肩を貸して医者に連れて行き、さいわい傷が急所を外れていたので、助かると医者にいわれたときは、心底安心いたしました」

「相手のことは……」

十内の問いに、辰兵衛はわからずじまいだと首を振った。

「そんなことがあったのに、甲造さんは自分がどこで何をしているのか教えてくれませんでした。恩を売ったんじゃない、おれは黙って見ていられなかっただけのことだ、気にするなといわれたんです」

「俠気《おとこぎ》だな」

感心していう十内は、甲造のしわ深い顔を思いだした。

「甲造さんが通りかかっていなければ、わたしはほんとうに殺されていたかもしれません。だから、なんとか礼をしようと、甲造さんを探しました。住まいを探しあてたのは半年後のことでした。そのとき、甲造さんが指物師だと知ったんです」

「何だ、いつぞやのあんたか」

わたしに気づいた甲造さんは照れたような顔をして、まあ座ってくれと、仕事場の上がり框を勧めた。

辰兵衛は半年前の礼をあらためていい、言葉を足した。

「甲造さんはわたしの命の恩人です。わたしが無事に商売をできるのも、甲造さんのおかげです。何かわたしにできることがあれば、遠慮なくいってください」

「何いってんだ。おれはいっただろう。恩を売ったんじゃないと……」

「でも、それじゃわたしの気がすみません」

「十分礼はしてもらったよ。あんとき、あんたはおれを医者に連れて行ってくれたじゃねえか。それでおれも命拾いだ。それでおあいこだ」

何と粋な人なんだろうと、辰兵衛は甲造に惚れ込んでしまった。

「いい道具をお作りなんですね」

辰兵衛は感心して甲造の作った箪笥や小《こ》抽斗《ひきだし》を眺めた。

「これが商売だからな。まあ、地味にやってるだけだ」

「お願いがあるんですが、ひとつ長火鉢を拵《こしら》えてもらえませんか。ちょうどほしいと思っていたんです。甲造さんの腕を見込んでの頼みです」

「そりゃあ、情けでの注文じゃねえな」

「もちろんです」

そう答えると、甲造は片頬《かたほお》に笑みを浮かべて、それじゃ気持ちよく受けましょうと答えた。

そこで、辰兵衛は話を区切り、

「それから甲造さんとの長い付き合いがはじまりまして……」

と、いってまた茶に口をつけた。

「なんだかいい話を聞かせてもらったよ。それで、お文を甲造に預けたってことか」

　十内も茶に口をつけた。

「甲造さんとの付き合いは長うございます。少しは無理も聞いてくださるようになりました。それに、おかみさんを亡くされたあとで、膝を悪くされまして、独り暮らしに不自由されていたんです。お文と会ったあとで、そのことに思い到りまして、それで甲造さんに相談を持ちかけたんです」

「なるほど」

「わたしとお鶴が、道ならぬ間柄だったというのは伏せて、お文の世話を受けてくれないかと申したんです。もちろん、お文の目のことも話したうえのことです。断られるのは承知のうえでしたが、甲造さんは二つ返事で受けてくださいました。その子も助かれば、おれも助かる、いいだろうって……それが二年ほど前のことです」

「甲造って人はいい男だな」

「まったくです。それに、あの人は何もいいませんが、わたしとお文の母親がただならぬ間柄だったのをうすうす気づいています。それでも、お文の手前、黙ってわたしの話に合わせてくれてもいます」

「なんだなんだ、いい話じゃねえか。だったら、なにも女房に隠すことはないだろう」

「いいえ、それができないんです。女房は吝嗇《けち》で、しっかり屋です」

「どういうことだ」

「はあ、これも他言されると困るんですが、わたしはお文を訪ねては、腰や肩を揉んでもらいます。それで、その代金を置いてくるんです」

「それが女房に知れると、よくないってことか」

「縮めていえばそんなところです」

おそらく辰兵衛は過分な金を置いてくるのだろう。

「それじゃ、おまえさんは人助けはしているが、浮気の〝う〟の字もしていないってことだな」

「お鶴にお文ができてからは、一切そんなことはありません」

「さようなことであったか。いやいや、それにしてもなァ……」

「早乙女様、申しわけもありませんが、どうか服部様にはうまく話をしていただけませんか」

辰兵衛は深々と頭を下げる。

「うむ、そうだな。うまく話をしておこう。おまえさんの迷惑にならぬように、ちゃんとな」

「よろしくお願いいたします」

六

「悪妻だな」

自宅に戻った十内は、居間の火鉢にあたりながら声をこぼした。

辰兵衛の女房のことだ。実際どんな女房なのか会ったことがないのでわからないが、辰兵衛の話を聞くかぎり、感心しない女だと思う。

しかしながら、亭主の浮気を心配し、財布の紐《ひも》をしっかりにぎっているというのは、ある意味ではいい女房ともいえる。

とにかく辰兵衛の事情を知った十内だが、これをどういうふうに洋之助に伝えればよいかと思案した。

　辰兵衛に迷惑がかからないように、また女房のお重が納得するような説明をしなければならない。

（こりゃあ、知恵を絞らなきゃならねえな）

　十内は火鉢の炭をいじりながら考えた。

　障子にあたっていた西日が消えかかったころ、家を出て洋之助を探すことにした。ひょっとすると、仕事を切りあげて自宅屋敷に戻っているかもしれないので、会えなければ明日でもいいと考えていた。

　ところが、洋之助は熱心にも見廻りの途中で、長谷川町《はせがわちょう》の自身番のそばで会うことができた。

「おお、これはいいところで会った。そろそろおまえさんを訪ねようかと思っていたところなんだ。それで、例のことだが……」

　洋之助は連れている小者と松五郎を気にして声を落とした。

「わかったよ」

「おう、そうか、でかした。よし、話を聞こう」

　洋之助はそういうと、小者の弁蔵と松五郎に、もうおまえたちは帰っていい、今日は引きあげだといって、近くの茶店に十内をいざなった。

「それでやはり、辰兵衛は浮気をしていたか」

「浮気などしてなかった」

「なに、していない」

　洋之助は眉を上下に動かして、頓狂《とんきょう》な声を漏らした。

「辰兵衛は仕事一途《いちず》な男だ。女遊びは一切していない」

「一切……」

　洋之助は鸚鵡《おうむ》返《がえ》しにいう。

「さよう。女房は心配性なんだろう。辰兵衛には女の影などなかった。それが調べの結果だ」

「ほんとうか。だが、お重は辰兵衛の行き先がわからない日が、月に何度かあるといってるんだがな」

「それでも、辰兵衛はちゃんと家に帰っているはずだ。亭主が行き先を告げずに出かけることはよくあることだ。浮気など一切していない、服部さんが自信を持ってそういえば納得するだろう」

　辰兵衛とお文、そして甲造のことを話してもよかったが、結局は同じことである。洋之助が、辰兵衛は浮気などしていないと、それを保証するようなことをいえば、お重も自分の誤解だったと思って、おとなしく引き下がると考えた。

「さようか……。すると、お重の取り越し苦労だったというわけか」

「そういうことだ」

「ふむ、まあわかった。それじゃ、そう伝えておくことにしよう。早乙女ちゃん、ご苦労だったな」

「手間がかかって、楽な仕事じゃなかったのはたしかだ」

「ま、そんなこともあろう。それじゃありがとうよ」

　洋之助はそのまま帰ろうとする。十内はすぐに引き止めた。

「服部さん、忘れもんがあるだろう」

「……ああ、そうかそうか、いやいやこれはうっかりだった」

　苦笑いで誤魔化《ごまか》す洋之助はしぶしぶと財布に手をやり、小粒四枚を十内にわたした。それも、さももったいなさそうな顔つきで。

「また、おまえさんには頼み事をすることになるだろうからな。ま、今後もよしなに頼むよ」

そんなことをいって歩き去る洋之助を見送った十内は、日の翳《かげ》った空を見あげた。少しだけだが、懐《ふところ》が温かくなったので、酒でも引っかけようと思ったが、どうもその気分ではなかった。道草に見合う店もなかったので、自宅に戻ることにした。

日が落ちると、急に風が冷たくなった。こんなときは鍋でもつつきたいと、頭の隅で考え、郷里に帰ったお夕《ゆう》と由梨《ゆり》のことを思いだした。

(あいつら、元気でやっているだろうか)

朝な夕なに、突然押しかけてきては家のなかを賑《にぎ》わせた、楽しい女たちだった。ときに煩《わずら》わしく思うこともあったが、可愛《かわい》い二人だった。

しばらく忘れていたことだが、なんだか親しい友をなくしたような淋《さび》しい気分になった。

(おれとしたことが、なんだ)

それも、寒々しい冬空のせいかと、星の瞬《また》く空を見あげた。

家に帰って、火鉢の炭を熾していると、

「ごめんくださいまし、ごめんくださいまし」

という声が戸口でした。

返事をして、戸を開けると、そこによれた縞木綿に、すり切れた小倉《こくら》の角帯、素足に雪駄履きという五十過ぎのみすぼらしい男が立っていた。

「何用だ？」

「こちらはどんな相談でも受けてくださるんですね」

「まあ、相談によりけりだ。犬や猫探しだったら断る」

「そんなことではありません。話を聞いてもらえますか」

あまり気乗りはしなかったが、十内は男を家のなかに入れた。すると、いきなり男がいった。

「ひと仕事二十両で受けてもらえれば助かります」

「なにッ」

いきなり大金を口にした男を、驚いたように、いや実際に驚いたのだが、十内は振り返った。

第二章　江戸へ

一

二十両といえば、独り身の十内が一年間不自由なく暮らしていける額に相当する。どんな内容の相談事かわからないが、話を聞かないわけにはいかない。

「むさ苦しいところだが、まずは話を聞かせてもらおうか」

男を居間に上げた十内は、欲にざわめく内心とは裏腹にもったいぶったいい方をした。

「へえ、わたしは浅草馬道《うまみち》で、細々と大多喜屋《おおたきや》という道具屋をやっております茂兵衛《もへえ》と申します。店の名は、先代の親父が房州大多喜の生まれでしたので、そこからつけたものでございます」

茂兵衛は聞かれもしないのに、自分のことをそう紹介した。行灯のあかりを受けたその顔は、暗がりで見たときよりもずっと若い。

五十の坂は越えていると思ったが、よく見ると四十ぐらいだろう。無精ひげは生えているが、肌には張りがあり、しわも少ない。

「道具屋か……」

十内は煙草盆を引き寄せて、茂兵衛に勧めた。

「いえ、あたしは煙草はやりませんので……」

「それでどんな相談だろうか？」

「へえ、人を探してもらいたいんです」

「人を……それは……」

「あたしの女房でして、お景《けい》と申します。年《とし》は二十一で、あたしとは二回りほど離れていますが、これがいい女なんです。へえ、あたしは初婚だったので、もうお景がいないと生きている甲斐をなくしたように、夜も寝られない始末でして、どうしても探しだして連れ戻したいのですが、行方がさっぱりわからずじまいで困り果てているんでございます。じつは今日もその前も、その前の前の日も食うや食わずで江戸中を探していたんですが……」

茂兵衛はぐすんと洟《はな》をすすり、目尻に涙さえ浮かべる。よほどお景という女房に未練があるようだ。

「するとお景という女房に、おぬしはぞっこんなのだな」

「まことにもって……へえ、あんな女は一生かかったって出会えるもんじゃありませんから……早乙女様、どうかどうか助けてください」

茂兵衛は深々と頭を下げる。くたびれた身なりは、お景探しをしていたからだろう。それにしてもあまり風采のあがらない男である。女房より二回り年を取っているというから、四十五歳ということになる。

「おれのことはどこで知った？」

「へえ、疲れ果てて一膳飯屋《いちぜんめしや》に入って飯を食っていたんですが、そのときも店のものにお景のことを訊ねたんです。すると、近くで飲んでいた人が、そういうことなら早乙女様に一度相談すればいいといわれまして……」

ははあ、すると豊島町《としまちょう》の「栄《さかえ》」という飯屋だなとぴんと来た。そして、勧めたのは孫助《まごすけ》だろうと察しをつけた。

「その男はちんまりした目の酔っ払いだろう」

「ご存じで……」

「ちょっとした知り合いだ」

やはり、自分のことを教えたのは孫助だったようだ。十内は煙管に刻みを詰めて、火鉢の炭を使って火をつけた。

「それで、いつ、どうやって女房はいなくなったのだ？」

「いなくなったのは、半月ほど前です。近所に買い物に行ったきり、そのまま帰ってこないんです。見てくれのいい女ですから、悪い男に攫《さら》われてしまったんじゃないかと、気が気でなくて、いまごろどこでどうしているか、そのことを考えると、ああ、あたしゃ……もう気が狂いそうです」

茂兵衛はそういって半泣きの顔になる。

「気を悪くされちゃ困るが、女房が浮気をしていたようなことはないか」

「そんなこと滅相もありません。こまめによく家の仕事をする女で、外出もあまりしませんでしたから、浮気なんて……まさか……」

茂兵衛はそれはないと、首を振って否定する。

「最後にお景を見たものがいると思うが、それはどうだ？」

「近所にあります越前屋《えちぜんや》という生薬屋の小僧が見ています。小僧さんは、馬道通りを北のほうへ歩いていたといいます」

「そっちに買い物をする店があったのでは……」

「いいえ、お景は花川戸《はなかわど》にあります青物屋に、茄子《なす》と大根を買いに行ったんです。方角がちがいます」

「すると反対方向に歩いて行ったわけか。店から北へまっすぐ行けば、吉原《よしわら》に通じる日本堤《にほんづつみ》に出るな。その先は今戸町《いまどちょう》、浅草山谷《さんや》……ふ～む」

十内は思案にふけった顔で、煙管を吹かして、雁首を灰吹きに打ちつけた。

「喧嘩をしたとかそういうことはどうだ？」

「いいえ、喧嘩などはしておりません。お景は愚痴ひとつこぼさない、辛抱《しんぼう》強い女です」

「夫婦仲が原因で家を飛びだしたというのではないのか……すると、拐《かどわ》かしにあったということなら厄介だな」

「そうでないことを願いますが、そうだったらわたしは……」

くくっ、と茂兵衛は嗚咽《おえつ》する。

「茂兵衛、泣いてもお景は帰ってこない。よく考えるんだ。まだ拐かしにあったと決まったわけじゃないんだ。いなくなったのには、きっと何かわけがあるはずだ」

「着の身着のまま出て行ったんです。下駄履きで常着のまま出て行ったんですから、帰ってこなきゃおかしいでしょう。そんなことを考えると、悪いほうへ悪いほうへと気持ちが行ってしまうんです。あ、そうだ。これがお景です」

茂兵衛は突然思いだしたように、懐から一枚の似面絵《にづらえ》を出した。それはしわくちゃになっていたが、お景は茂兵衛がいうように美人である。

鼻筋のとおった瓜実顔だ。唇は少し肉厚だが、それも魅力的だった。背恰好を聞くと、並の女だという。

「とにかくあたってみることにしよう。また、何か知りたいことがあれば、おぬしの店を訪ねる。それでよいか」

「よろしくお願いいたします」

茂兵衛はまず手付けだと、五両を置いて帰っていった。

二

翌朝、真っ先に十内が訪ねたのは、絵師・狩野祐斎《かのうゆうさい》の家だった。つい最近、近所から岩本町《いわもとちょう》に引っ越していたので、新居を訪ねたのは初めてだった。

「いい家ですね」

用件を切りだす前に、十内は家のなかを眺めて褒めた。

「うむ、ここは日あたりもよいし、前の家より静かでよい」

たしかに開け放された縁側から、暖かい朝日が射し込んでいた。小庭もあり、松や楓《かえで》なども見られる。

祐斎は四季折々の花を植えれば、また一層趣のある家になると自慢する。

だが、十内はその仕事場になっている座敷に、お夕の危うい絵が飾られているのが気にくわなかった。お夕は祐斎の雛形《ひながた》（モデル）になっていたからしかたないが、大胆な科《しな》を作っていた。

横座りの恰好で薄もの一枚を羽織っているが、きれいな乳房の一部が見え、くびれた腰の下には肉置《ししお》きのよい尻の割れ目が描かれている。それに、薄目を開けているお夕の顔が、なんとも官能的だ。

（けしからん絵を……）

十内が心中で憤りのつぶやきを漏らしたとき、

「それで朝っぱらからなんだね」

と、祐斎が聞いてきた。十内は酒焼けをしているすけべ絵師に顔を戻した。総髪に結った銀髪が、朝日に輝いていた。

「これと同じものを四、五枚描いてもらいたいんです」

十内はそういって、昨日、大多喜屋茂兵衛から預かった似面絵をわたした。

「ほう、これはなかなかの美人だな。おまえさんの新しい女か？」

「まさか。いや、そうだったらいいんですが、あいにく他人の女房です。これが神隠しにあったみたいに行方知れずになっておりまして、探さなきゃならないんです」

「仕事か……それにしても、人の女房とはいえ美しい女だ。お夕が実家に帰ってしまってから、新しい雛形を探していたんだが、世の中にはいい女がいるところにはいるもんだ。いくつだ？」

「二十一らしいです」

「すると肌もきれいだろうし、張りもあるだろうな」

そういう祐斎の鼻の下が長く見えたのは、気のせいだったか。十内はとにかく描いてくれと頼んだ。安くはないぞといいつつ、祐斎は絵筆をつかんだ。

十内は祐斎の絵が描き上がるのを手持ちぶさたに、茶を飲んだり、煙草を喫んだりして待った。火鉢の炭がぱちっと何度か爆《は》ぜ、障子にあたっていた日がゆっくり消えては、また日があたるを繰り返した。

「どこかにお夕の代わりになる女はいないかね」

筆を走らせながら、ふと祐斎がつぶやいた。絵はすでに四枚描き終わっていた。さすが本職の絵師である。写し絵は原画とそっくりだった。

「さあ、そんな女は……」

十内はそこまでいって、はたと、お文のことを思いだした。若くてきれいな女だ。美人画の雛形にはもってこいだろう。

しかし、祐斎は枕絵（春画）にかぎりなく近い、色っぽい絵を描く絵師だ。いや、枕絵もかなり描いている。

　純粋なお文にそんな絵師の相手はさせられない。それでも、十内は聞いてみた。

「どんな絵を描くんです。肌を見せない美人画だったら、相手をしてくれる女がいるかもしれません」

「ほんとうかね」

　祐斎は絵筆を止めて、落ち着きのない鼬《いたち》のように顔をあげた。

「まあ、心あたりがあるだけですがね」

「是非、紹介してくれないか。もし眼鏡《めがね》にかなうようだったら、この絵仕事はただでいい」

「枕絵じゃないでしょうね」

「ちがう。版元に、美人画の大首絵を頼まれているんだ。めぼしい女はいるにはいるが、みな手垢《てあか》のついたような女ばかりでね。これまでにない女を描きたいんだ。心あたりがあるなら、ぜひともお願いしたい」

　十内はしばし考えてから返答した。

「まあ、一度聞くだけ聞いておきましょう。ようは相手の気持ち次第でしょうから」

「そうであろうが、できれば一度会ってみたいもんだ。そなたが忙しいようなら、わたしが直接会いにいってもいい」

それは困る。

「話に聞いただけですから、よく聞いておきますよ」

誤魔化していった十内だが、祐斎は食い下がってくる。

「頼む、よく聞いて、よく調べておいてくれ。もし、その女がどこにいるかわかったら、会いたい。会って、これならよいと思えば、その謝礼をする。是非にもその女のことを調べてくれ。いや、仕事だと思っていい」

（あらら、これは妙なことになった）

「じゃあ、まあひとつ調べるだけ調べておきましょう」

十内は曖昧な返事をした。

それからしばらくして、新しいお景の似面絵が五枚完成した。

十内はその絵を懐に入れて、浅草馬道に向かった。空は晴れたり曇ったりを繰り返している。

町中に見られる柿の木には、落ちるのをいやがるように赤い枯れ葉がしがみついている。熟した実もあるが、半分は鳥についばまれていて、形が崩れていた。

そんな町中の風景を見るともなしに眺めながら歩く十内の頭には、茂兵衛から頼まれたお景という女房のこともあるが、お文やお夕のことが頭にちらつく。

お文に雛形仕事をさせたらどうなるだろうか？　少しは暮らしの足しにはなるだろうが、お文には甲造がついているし、伊沢屋辰兵衛が陰から援助もしている。その必要はないかもしれない。

そして、お夕はどうしているだろうかと思う。もちろん、仲のよい由梨のことも頭に浮かびはするが、なぜかお夕のほうを多く思いだす。

（ひょっとすると……）

お夕が賊に捕まったことがあった。あのときのせいかもしれない。十内は初めて、お夕の裸を見たのだ。縄で縛られ天井につり下げられていたお夕は、ほとんど全裸に近かった。

いま思いだすと、きれいな体だった。肌理《きめ》の細かい透けるような白い肌。キュッとくびれた腰に、形のよい乳房、すらりとした脚……。

（いかん）

十内は歩きながら首を振った。

茂兵衛の営む道具屋は、立派な店だった。寂れて傾いた小さな店ではないかと想像していたのだが、とんでもない。

小僧が二人いて、手代《てだい》がひとり、そして年季の入った六十過ぎの番頭もいたし、店の構えも立派だ。間口は四間ほどあり、店のなかにはこれは値が張るだろうという骨董の絵画や茶器、絵皿、簞笥や火鉢などがあった。その他にも、煙管や南蛮物と思われる衝立《ついたて》や敷物もある。

さらに、主の茂兵衛は昨日とはちがって、髷《まげ》に櫛目《くしめ》をとおし、ひげも剃《そ》っていた。さらに、着ている小袖も羽織も地味ながら上等な物だとわかった。

十内は茂兵衛だけでなく、四人の奉公人たちにもお景のことを聞いていった。お景の普段の様子や、茂兵衛との夫婦仲のことである。

奉公人たちは、みんな口を揃えて、年の差を感じさせない仲のよさだといった。さらに、茂兵衛がお景を猫可愛がりするように大事にしていたこともわかった。

聞いたかぎり、夫婦仲に亀裂はなかった。つまり、お景の失踪《しっそう》の原因は夫婦仲に罅《ひび》が入ってのことではないということだ。

十内はさらにお景の出自を訊ねてから大多喜屋を出た。お景と茂兵衛がいっしょになったのは、二年前だった。二人のなれそめは、茂兵衛の一目惚れであった。茂兵衛が骨董を漁《あさ》りに出た旅先でのことだ。場所は父親の郷里である大多喜城下だったらしい。お景はその城下にある万屋《よろずや》の娘だったという。

そのようなことをざっと聞いた十内は、お景を最後に見たという、越前屋という生薬屋の小僧に会った。太助《たすけ》という小僧は、くりっとした目を光らせて、

「あの日、あっちに行くのを見ましたけど、昨夜も見たんです」

という。

「なに、昨夜どこで見た？」

十内が一歩詰め寄ると、太助は一歩下がって答えた。

「雷門前の広小路《ひろこうじ》です。男の人と歩いていました」

「それはお景にまちがいなかったんだな」

「まちがいっこありませんよ。わたしはお景さんに憧《あこが》れていたんです」

「で、男は誰だった？」

「知らない人です。遠目に見ただけなんで、どんな人だかもよくわかりませんけど、お景さんは楽しそうに笑っていました」

「聞いているのは男のほうだ。年だとか、顔つきとかだ。そいつは侍だったか、それとも職人だったか、その辺はどうだ？」

太助は首を左右に倒したあとで、よく覚えていないといった。

十内は自分が来た道を振り返った。

お景はそばにいるのだ。それも、男といっしょである。

三

峠を越えて越後《えちご》街道の塔寺宿《とうでらじゅく》に入ったお夕は、額ににじんでいる汗を手甲《てっこう》で押さえて、ふっと、ひと息ついた。これから先は平坦な道がつづく。

坂下宿《ばんげじゅく》までは二十一町と少しである。その宿場まで行けば、あとは下野《しもつけ》街道に入り、今市《いまいち》まで行き、そこから日光道中を辿《たど》って江戸に向かう計画であった。

しかし、もう日が暮れようとしている。西に見えていた日は、もう山の向こうに没していた。黄昏《たそがれ》の迫る往還にも人の姿は少ない。

足を急がせるお夕は、坂下宿で一泊して明日今市に向かうことにした。暗くなると、心細いのも手伝って、お夕の心はもの淋しくなる。

前回、江戸への行き帰りには由梨がいた。でも、今度はずっとひとりである。途中、旅の親子といっしょに歩いているときはよかったが、その親子と別れると、また心許《こころもと》なくなった。それでも歯を食いしばって歩きつづけた。

(どうして……)

疑問が心のなかにあった。でも、答えは自分でわかっていた。

(由梨ちゃん、ごめんね)

大きな目にいっぱい涙をためて見送ってくれた由梨の顔が脳裏に浮かぶ。

お夕は江戸に戻るなら、いましかないと思っていた。この機を逃せば、きっと自分は越後の田舎で一生暮らすことになるだろうと予感していた。

(それじゃつまらない)

一度江戸の暮らしを経験したお夕は、田舎に帰って落胆した。実家は貧乏な郷士《ごうし》である。帰るなり、野良着姿で痩《や》せた土地を耕したり、越冬のための薪《まき》割《わ》りという重労働をさせられた。だが、それは束の間《つかのま》のことだった。

（あたしは江戸に帰る。江戸に帰りたい。あたしの住むところは江戸しかない）

そんな思いが日々強くなり、どうしても我慢できなくなった。

由梨にまた江戸に行くと打ち明けると、

「きっと、そんなことだろうと思っていたのよ」

と、お夕の心を読んだようなことを口にしてつづけた。

「お夕ちゃんは、田舎には似合わないもの。あたしなんかより、ずっと垢抜けているし、田舎で埋もれるのはもったいないわ」

「ほんとうにそう思う」

「うん。我慢することないわよ。行くなら早く行ったほうがいいわ。今年はまだ雪が少ないから、いまなら間に合うわよ」

お夕は由梨を友達に持ってよかったと、心の底から思い、感謝した。

自分の気持ちを由梨に打ち明けた二日後に、お夕は新発田《しばた》城下を離れた。そのとき、城下の外れまで由梨は見送りに来て、路銀の足しにしてくれといって餞別《せんべつ》をわたしてくれた。それから一言付けくわえた。

「早乙女さんに会ったらよろしくね」

そのときの顔が、お夕の脳裏から消えない。由梨はもう泣き顔だった。そして、まっすぐ向けてくる瞳には、ある種の嫉妬《しっと》があった。

由梨ちゃんはわたしのことを知っているんだわ、とお夕は思った。だけど、それは口にしなかった。口にすれば、友達の仲が壊れると思ったのかもしれない。そして、いってはいけないことだと気持ちを抑えていたのだ。

（由梨ちゃん、無理してたんだよね）

心の内でつぶやくと、お夕の目に熱いものがにじんだ。

（でも、これはわたしが選んだ道だから……）

お夕が自分にいい聞かせたとき、坂下宿のあかりが見えてきた。

（わたしは由梨ちゃんとはちがうんだし……）

お夕は歩きながら、なおも内心でつぶやく。由梨は城下にある大きな商家の娘だった。家柄がよいので、嫁ぎ先はいくらでもあった。

かたやお夕は貧乏な郷士の娘である。結婚は家柄によって左右される。お夕は器量がよいのでいくつかの縁談話はあったが、結局は家柄が問題になってまとまらなかった。

つまり、幸せな結婚は望めないということをお夕は思い知っていた。是非にほしいという家もあったが、さして裕福でもない農家の次男坊や職人だった。

そんなことを思いだしているうちに、お夕は坂下宿に入った。旅籠《はたご》の留女《とめおんな》たちの声があちこちから飛んでくる。

「お宿はこちらですよ。お宿はこちらですよ」

お夕は手甲脚絆《きゃはん》に菅笠《すげがさ》、草鞋履きに振り分け荷物に杖を持っているので、すぐに旅人だとわかる。ひとりの女が手をつかんできた。

「お宿はこっちですよ」

そういって、ぐいぐいと引っ張ってゆく。お夕は逆らわずに、留女にしたがって旅籠の玄関に入った。

「宿賃が高ければ、払えませんよ」

そういって断ると、心配はありませんと、頭髪の薄い番頭がにこやかな顔を向けてきた。

「うちはよそより安いので、どうぞご安心を」

いくらだと訊ねれば、二百文《もん》だという。お夕は少し考える目をしてから、それじゃお願いするといって、草鞋を脱いだ。

「どちらへおいでになるんですか？」

部屋に案内した番頭が、朝晩の食事は一階の座敷でとってもらう、風呂も一階だと説明したあとで聞いてきた。

「江戸です」

「江戸……そりゃまあ、長旅ですね。てっきり会津《あいづ》あたりまで行かれるのではと思っていたんですが、こりゃ見当ちがいだ」

あははは、と番頭は笑う。

「でも、ここまで来ればあとは楽です」

「どちらから見えたんです？」

「越後です」

「連れもなしにおひとりでですか？」

はいと返事をすると、番頭は驚いたように目をまるくした。

「そりゃまた思い切ったことを……。それじゃごゆっくりなさってください。夕餉《ゆうげ》の支度ができましたら女中が呼びに来ますんで……」

番頭はそういって下がった。

ひとりになったお夕は、少ない荷物と懐剣を片隅に置いて、窓辺にもたれた。肌を刺すような冷たい風が頬にあたってきた。旅人たちはそれぞれの旅籠に収まったらしく、宿往還を行き交う人は少ない。

お夕は遠くの空に浮かぶ星を眺めた。もう気持ちはすっかり江戸に向かっていた。そして、忘れられない人の名をつぶやいた。

「早乙女さん……」

口にしたとたん、由梨の声が聞こえてきそうだった。

(お夕ちゃん、ほんとうは早乙女さんのそばにいたいんでしょう。できることならいっしょになりたいんでしょう。あたし、わかっているんだから)

きっと、由梨は別れるときにそういいたかったのだ。だけど、決して口にしなかった。

「由梨ちゃん、ごめんね。由梨ちゃんも早乙女さんのことが大好きだったのよね」

独り言のようなつぶやきが、冷たい風に流されていった。

四

お景探しを始めて三日たったが、十内はいっこうに見つけることができなかった。

しかし、太助という生薬屋の小僧は、お景が楽しそうに男と歩いているのを、浅草広小路で見ている。お景とその男がどんな仲なのかわからないが、十内はきっとその男とできているのだと勘をはたらかせていた。

大多喜屋茂兵衛は立派な道具屋の主だが、風采のあがらない男だ。金はあったとしても、お景とは二十四も年が離れている。若いお景は、愛想を尽かしていたのかもしれないし、もともと心を通い合わせていた男がいたのかもしれない。

もっともこのことは茂兵衛にはいえないことだが、考えられることだ。しかし、お景は茂兵衛の女房である。なにがなんでも探さなければならない。

何しろ二十両の仕事なのだ。あきらめるわけにはいかない。

その日も、浅草広小路を中心にお景を探し歩いたが、出会うことはなかった。江戸は狭いようで広いし、人も多い。たったひとりの女を、似面絵ひとつで探すには限界がある。何しろ、なんの手掛かりもないのだ。

問題はなぜ、お景が行方をくらましたか、ということである。

亭主の茂兵衛は悪い男に拐かされたのではないかと、心配している。また店の奉公人たちも茂兵衛とお景の間に、特に問題はなかったといっているし、お景が消えた日も、普段と変わらなかったといっている。

それなのに、お景は近所に買い物に出かけたまま帰ってこなかった。そして、数日後に、浅草広小路で男といっしょに歩いているのを見られている。

(行方をくらます手掛かり……)

それがない。ないが、何かお景は残しているかもしれない。そう思った十内は、探索を一時中断して大多喜屋に向かった。

「これは早乙女様、もしや見つかりましたか」

大多喜屋に入るなり、帳場に座っていた茂兵衛が尻を浮かした。

「まったくだめだ」

十内が首を振って答えると、茂兵衛は浮かしていた尻をぺたんと下ろして情けなさそうに眉を下げる。

「なにか手掛かりがほしい。このままでは埒《らち》があかんのだ。それで、お景の持ち物を見せてもらえないか。家出なのか何者かに攫われたのか、それはわからないが、もし、家出だったとすれば、何か残しているかもしれない」

「家出……」

渋い顔をする茂兵衛に、十内は仮の話だと弁解するようにいった。

とにかくお景の使っていた部屋を見せてもらうことにした。南側の広座敷横の四畳半が、お景の部屋だった。部屋には簞笥と鏡台があるだけだった。壁の衣紋《えもんか》掛けには、裾《すそ》に花を散らした打ち掛けがあった。

鏡台の抽斗や簞笥のなかをあらためたが、手紙はおろか書き付けなどもなかった。化粧道具はそのままであるし、着物もそのままだと茂兵衛がいう。

「他にお景の持ち物は……」

十内はあらかた調べてから、茂兵衛に顔を向けた。

「他にはありません。お景の物はすべてこの部屋にあります」

「なくなっているものはないか？」

茂兵衛は、ないと首を振り、

「財布はどうしたのだろうかと、それも調べたんですが、いつも持ち歩く財布がないだけです」

と、しょぼくれる。

「お景はその財布を持って買い物に出かけたままということか?」

「そうなります」

十内は腕を組んで、その場に座り込んだ。茂兵衛も真似《まね》をするように、膝を揃えて座った。はあと、大きなため息をつく茂兵衛を、十内はまっすぐ見た。

「何度も聞くが、女房と喧嘩などはしていないんだな」

「しておりません」

「おまえさんの隙《すき》を盗んで、お景にいい寄っていた男がいたようなことはどうだ?」

「そんなことは決してありません」

茂兵衛はむきになった顔つきで、忙《せわ》しく鼻の前で手を振って言葉を足した。

「百歩譲ってそんなことがあれば、お景の態度や言葉つきが変わるはずです。わたしはこう見えても、敏感な男です。お景の様子が変われば、すぐにわかります。ですが、そんなことは一切ありませんでしたし、わたしがお景を信用していたように、お景もわたしのことを信じていたんです」

「それじゃ、男の影はなかったということか……」

十内は独り言をつぶやいて、庭にある白いヤツデの花を眺めた。

「とにかく早乙女様だけが頼りでございます。どうかどうか、お景を見つけてください」

茂兵衛が泣きそうな顔で頭を下げた。

十内はやれるだけのことをやる、と答えるしかなかった。しかし、この人探しは一筋縄ではいかないという思いを強めていた。

大多喜屋を出ると、そのまま手持ち無沙汰《ぶさた》に町を歩き、豊島町に向かった。困ったときは孫助の力を借りる。すっかりその存在を忘れていたが、ひょいと思いだしたのだった。歩きながらも、お景がいないかと目を凝らすが、その姿を見ることはなかった。

豊島町に「栄」という古ぼけた飯屋がある。名前のとおり栄えてはいないが、つぶれそうでつぶれない店だ。

神田川に架かる新シ橋をわたった柳原《やなぎわら》通りに面したところに「栄」はある。情報通の孫助はいつもそこで酒を飲んでいる。薄汚れた暖簾《のれん》をくぐって店に入ると、入れ込みにある火鉢の前で、孫助が例によって酒を飲んでいた。

「こりゃあ、先生」

孫助は鼻の頭を真っ赤にした顔を向けてきた。十内を「先生」と呼ぶが、孫助にとっては二本差しの侍は誰でも先生らしい。

「おまえ、道具屋の大多喜屋を知っているな」

「大多喜屋……へえ、大多喜屋ですか……」

思いだせない顔をするので、おれのことを教えただろうと、いってやると、孫助はやっと気づいた顔をした。ちんまりした目を嬉《うれ》しそうに細め、

「あのじいさん、先生の家に行きましたか」

と、汚い歯茎を見せる。

「来た。来て仕事を受けたが、厄介な人探しだ」

十内はあらましを話してやり、最後にお景の似面絵をわたした。

「手を貸してくれないか。手掛かりはまったくないが、行方をくらました数日後に、

浅草広小路で見かけられている。そのとき、男がいっしょだった。だが、その男のことはまったくわからねえ」

そういったあとで、お景とその男が歩いているのを見たのは、太助という北馬道にある生薬屋の小僧だと付け足した。

「お景は、上総《かずさ》大多喜の出なんですね」

「そうだ」

孫助は「ふ～ん」と、うなずいてぐい呑みの酒を舐め、お景の似面絵に再び視線を落とし、

「別嬪《べっぴん》ですね」

といった。

「亭主の茂兵衛はお景にぞっこんだ。年の差もあるからわからなくはねえが、人のよい男なのでなんとか探してやりたい」

「先生はおやさしいですからね。へえ、じゃあまあちょいと探してみることにします」

「なにか手掛かりになるようなことがわかれば、知らせる」

十内はそのまま栄を出た。表に出ると、張り出してきた雲が日を遮《さえぎ》っていた。そのせいで風が冷たく感じられた。カサカサと音を立てる枯れ葉が足許で動いていた。

五

街道の杉並木がたわむように動き、風が吹きわたっていった。往還の先では土埃《つちぼこり》が舞いあがり、荷駄を引く人足が編笠を飛ばされそうになっていた。

お夕はそれまでの旅の疲れがたまっているのか、今市宿を出るのが遅くなった。いつものように早く起きられなかったのだ。

杉の並木道を過ぎると、小雪がちらつきはじめた。お夕は空を仰ぎ見て、

(積もりはしないわね)

と、見当をつけた。雪国で育ったお夕は、空の様子を見るだけで判断できた。

その日は、宇都宮《うつのみや》まで行く予定だった。宇都宮から江戸までは約二十七里。三日から四日の旅程となる。

それは大沢宿を過ぎた間宿《あいのしゅく》の茶店だった。お夕がうっすらと肩と菅笠に積もった

雪を払いながら茶を飲んでいると、あとからやってきた旅の男が声をかけてきた。

「姉さんはひとり旅かい？」

「あ、まあ」

お夕は旅の男を見た。年は三十前後で、一本差しだ。紺地に白棒縞の引き回し合《かっ》羽《ぱ》、小袖をからげ、博多の帯に股引《ももひき》、手甲脚絆、草鞋履きである。やわらかな笑みを向けてくるが、どう見ても渡世人と思われた。

「おれもひとりだ。どこまで行くんだ？」

「江戸です」

お夕は聞かれるまま答えるが、あまり関わらないほうがいいと思った。

「そりゃ奇遇だ。おれも江戸に行くところだ。どうだ、旅は道連れという。いっしょに行こうじゃねえか。おっと、だからって変な勘ぐりはやめてくれよ。下心なんてねえから安心しな」

「…………」

「おれは白滝《しらたき》の勇三郎《ゆうざぶろう》という。姉さんは？」

「……お夕です」

「お夕か……いい名だ」

勇三郎は茶に口をつけた。お夕はそれを黙って眺めてから、自分も茶に口をつけた。あたたかな湯気が頬を包み込んだ。

お夕が先に茶店を出ると「待ちな、待ちな」といって、勇三郎が追いかけてきた。

「雪はやんじまったな。寒さは厳しくなったが……」

勇三郎は勝手なことをしゃべる。

「それでお夕さんはどこから来たんだい？」

「ちょっと田舎に帰っていただけです。江戸には夫がいますから、早く戻らなければならないんです」

独身女だとつけいられると思って、そういった。

「へえ、亭主持ちだったのかい。まあ、その器量だからおかしくはねえな。それで田舎ってのはどこなんだ？」

うるさい男だなと、内心でぼやきながらもお夕は答える。

「越後です」

「へえ、そりゃ遠いじゃねえか。亭主はいっしょについてこなかったのか。殺生なことしやがる」

（へん、ほっといてよ）

内心で毒づくお夕は、足を速める。できることなら宇都宮に着く前にこの男を振り払いたいと思った。

「亭主は何やってんだ？」

勇三郎はしつこく聞いてくる。お夕は少し考えた。

「公儀のお役目についています」

そういえば、自分への興味をなくすと思った。ところが、そうではなかった。

「ほう、すると幕府のお偉いさんか？　そりゃ尋常じゃねえな。で、どんなお役目についてんだ」

もう、うるさい、放っておいて、と怒鳴りたくなった。

「小十人組《こじゅうにんぐみ》です」

「へえ。小十人組か……なるほどね」

勇三郎は感心したようにうなずき、しばらく黙り込んで歩いた。

周囲の山は寒々しく、遠くの山は白く雪を被《かぶ》っていた。冬枯れた畑は荒涼としており、土手道のすすきが風に吹かれてしなっていた。

「今夜は宇都宮に泊まるつもりだが、お夕さんはどうするんだ。もっと先まで行くのかい？」

「宇都宮に迎えが待っています」

とっさの思いつきだった。そういえば、しつこくついては来ないと思った。

「お迎えがあるのか。さすがお上《かみ》のお役人の女房になれば、そのくらいのことはするんだろうな。それじゃ、おれがちゃんと宇都宮まで送り届けてやろう。道中で会ったのもなにかの縁だ。それぐらいのことはしてやらなきゃな」

ふっと頬に笑みを浮かべて、勇三郎が見てくる。そのとき、お夕はこの人は悪い人間ではないかもしれないと思った。勇三郎の浮かべた笑みに、心ならずも親近感を覚えたからだ。

だが、すぐに自分を戒めた。

(だめだめ、気を許してはならないわ)

それからしばらく勇三郎は、問わず語りに自分のことを話した。やはり、渡世人だった。若いとき袋井《ふくろい》の胤蔵《たねぞう》という侠客《きょうかく》の世話になり、この道に入ったが、博奕《ばくち》は自分に合わないので、足を洗って堅気になろうとしているらしい。

「それで江戸へ出て、手に職をつけようと考えているんだ。地味かもしれねえが、そっちのほうがまっとうな生き方だ。男がどうの、義理がどうの、というのにはもう疲れちまってな」

「地味でも物堅く生きるのが一番だと思います」

お夕はうっかり応じてしまったあとで、しまったと、内心で舌打ちをした。

「やっぱりそう思うかい。おれもそれでいいと思うんだ」

歩き進むうちに、勇三郎のおしゃべりも少なくなった。

ちらついていた雪はいつの間にかやみ、広がっていた鈍色《にびいろ》の雲の隙間に日の光がのぞくようになった。しかし、それも束の間のことだった。

宇都宮の手前で、あたりが薄暗くなり、カアと鳴き声を落として空をわたる鴉《からす》がいた。暮色に包まれた周囲の風景には、どことなくもの淋しさがあった。

「待ちな。お夕さん」

勇三郎が片手で制して、お夕を立ち止まらせた。何事だと思って勇三郎を見ると、正面に向けた顔に緊張の色を漂わせていた。

お夕がその視線を辿《たど》るように、顔を正面に戻すと、街道脇の木立のなかから五、六人の男たちがあらわれ、道を塞《ふさ》ぐように横一列に並んだ。

「お夕さん、おれから離れてくれ。迷惑はかけられねえ」

そういった勇三郎は、お夕をその場に置き去りにする恰好で男たちのほうへ歩いていった。

六

「いったいどうしたんですよぅ……」

お景は甘ったるい声を漏らして、直吉の首にすがりついた。

「ひとはたらきする前に、どうしても我慢できなくなったんだ」

直吉は天井を向いたまま声を漏らした。二人は脱ぎ散らした着衣の上で、裸のまま抱き合っていた。丸火鉢の火が狭い長屋の家を暖めているが、隙間風は冷たかった。

「それにしても、こんなことになるなんてなァ」

直吉はうつぶせになって、煙草盆を引き寄せると、煙管に刻みをつけてうまそうに吸った。お景はその背中に被さっていった。

「おめえの乳が……」

「は……」

「背中にあたって、気持ちいい」

「馬鹿」

お景は膝を揃えて座った。すると、直吉が煙管を置いて仰向《あおむ》けになり、お景の両の乳房を掌で包んだ。それから乳房の谷間を人差し指でなぞり、うっすら浮かんでいた汗を払った。お景は大きくはないが形のいい胸をしていた。

「おまえがまさか、あんな年寄りの女房になっていたとはな」

「それはもういわないで……」

お景は直吉の手を払って、長襦袢《ながじゅばん》を引き寄せて肩に羽織った。

「爺《じじい》じゃねえか。それともあっちのほうがよかったのか。ひひひッ……」

直吉はからかうように笑って、お景の腕をつかんで引き寄せた。お景は逆らわずに、直吉の裸の胸に頰をつけた。

外が薄暗くなっているのが、腰高障子を見てわかる。

「帰りは明日の朝といったが、ひょっとすると夜中に帰れるかもしれねえ」

「それじゃ起きて待っていましょうか」

「どうなるか仕事のはかどり次第だ。かまうことはねえから先に寝ていな」

「怒らない」

「馬鹿、怒るもんか」

直吉はお景の尻をキュッとつかんで、言葉を足した。

「仕事じゃなかったら、ずっとおめえを抱いていたいんだがなァ……」

「早く帰ってきて」

「ああ」

直吉はお景からゆっくり離れると、着替えにかかった。その様子をお景はしばらく眺めていたが、自分も着物を着なおした。

直吉はお景と同じ大多喜城下の大工の息子だった。家も近所で、小さいころから知っている男だった。それに、田舎の男にしては、ちょいと垢抜けた色男だった。

お景がその直吉を意識するようになったのは、十四か十五になったころだったが、いつしか直吉の姿を見なくなった。大工の修業で江戸に行ったと知ったのは、それから一年後のことだった。

なんだ、そうだったのかと、肩を落としたことを、お景は昨日のことのように覚えている。そのとき、自分が直吉に惚れていたんだということに気づいたのだが、直吉は自分には洟も引っかけずに田舎を出て行ったのだから、もう忘れようと思った。

江戸の道具屋の主だという茂兵衛に見初《みそ》められたのは、それから間もなくのことだった。だが、相手は自分より二回りも上の男だった。つまり父親と変わらない年である。

まさかそんな年寄りといっしょになるなど予想もしないことだったが、両親は強く勧めた。

「向こうがどうしてもってんだ。相手は金持ちだ。きっとおまえは幸せになれる。貧乏人にもらわれたって先行き知れてるんだから、思い切って嫁げ。それがおめえのためだ」

父親がそういって勧めれば、母親も強く勧めた。

「こんな幸運は一生に一度あるかないかだよ。先様は大事にしてくれるだろうし、何不自由ない暮らしができるのが女にとっては何よりの幸せなんだよ。色よい返事をしたほうがおまえのためだ。そうすりゃ、あたしもおとっつぁんも安心できるじゃないか」

迷いは大いにあったが、お景は両親の強い押しに負けた恰好で茂兵衛の嫁になったのだった。

たしかに茂兵衛は大事にしてくれた。それに、いままで着たこともないようなきれいな着物を買い与えてくれたし、何ひとつ暮らしに困ることはなかった。

貧乏な暮らしに慣れていたお景にとって、江戸の暮らしはまるで夢のようだった。やはり嫁いでよかったと思ったし、後悔もしていなかった。

ところが買い物に行った先で、思いもよらず直吉に肩をたたかれて心底驚いた。まさかと思ったが、紛れもなく直吉だった。

それに直吉も、こんなところでお景に会えるなんて思いもよらなかった、ときどきおまえのことを考えていたんだといわれた。

その一言で、お景は舞いあがった。しかし、茂兵衛には黙っていた。茂兵衛は人一倍の焼き餅焼だから、直吉と会ったことをいえば、どうなるかわからなかった。

以来、お景は月に一度か二度、買い物に行った先で、こっそり直吉に会うようになった。会う時間は短かったが、逢瀬《おうせ》を重ねるたびにお景は直吉のことが忘れられなくなった。

そして、つい先日も直吉に会ったのだが、今日は帰さないといわれた。

「おれについて来な。悪いようにはしねえ。おれだって、おれなりにおまえを幸せにできるんだ。我慢してあんな爺といっしょにいることはねえ」

お景はぐいぐい手を引っ張られた。抗《あらが》うこともできたが、お景はそうしなかった。着の身着のままだったが、もういいと思った。

(わたしは正直に自分の気持ちにしたがおう)

そう心に決め、直吉についていきながら茂兵衛に何度も心中で謝った。

「それじゃ行ってくる」

直吉の声で、お景は我に返った。

「気をつけて行ってきてください」

「今夜の仕事がうまくいきゃ、おめえに贅沢《ぜいたく》をさせてやれる」

「そんなことはどうでもいいの。直吉さんが無事に帰ってきてくれさえすれば……」

「おめえはいい女だ」

直吉はそういうと、お景に接吻をして、家を出て行った。

七

白滝の勇三郎は待ち伏せをしていた男たちと、雑木林のなかに入ったきり出てこなかった。勇三郎といっしょだったお夕に、男たちが目もくれなかったのはさいわいだったが、お夕はじっとしていることができなかった。

やくざ同士の揉め事に首を突っ込む必要はない。自分は知り合って間もない勇三郎のことなど、よく知らないのだから放っておけばいい。関わりになれば、いらぬ火の粉《こ》が飛んでくる。

(知らぬふりをしていればいいんだわ)

お夕は自分にいい聞かせながら、宇都宮宿に入ったが、やはり心持ちがよくなかった。宿場のあかりや留女たちの声に安堵《あんど》を覚えながらも、勇三郎のことが気になっていた。

(やっぱり、だめ)

お夕は勇三郎を振り払おうと思い、宇都宮に迎えが来ていると嘘《うそ》をついた。

そのとき勇三郎は、

——それじゃ、おれがちゃんと宇都宮まで送り届けてやろう。道中で会ったのもなにかの縁だ。それぐらいのことはしてやらなきゃな。

といって、親近感のある笑みを浮かべた。そのとき、お夕はこの人は悪人ではないと思った。だから見て見ぬふりはできない。

お夕は来た道を引き返した。すでにあたりは暮色が濃くなっており、宿場外れまで来ると、夕闇《ゆうやみ》が濃くなった。

勇三郎を待ち伏せていた男たちの姿はどこにもなかった。

お夕はまわりに警戒の目を配りながら、男たちが消えた雑木林のなかにゆっくり足を運んだ。人の声はしなかった。

林を吹き抜ける風の音と、落ち葉を踏みしめる自分の足音しか耳に入ってこない。暗い闇に目を凝らして、あたりを注意深く眺めたが、人影はなかった。

心の臓がドキドキと脈打っていた。がさがさっと、藪《やぶ》のなかで音がした。お夕ははっと息を呑み、顔をこわばらせた。

頭上の木々が、かすれた葉擦《はず》れの音をさせていた。その上に広がる星空が、葉を落とした無数の枝に無秩序に切り取られていた。

「勇三郎さん……」

お夕は胸を押さえて、小さな声で呼びかけた。

耳をすましながらあたりを見たが、なんの返事もない。林の奥まで足を進めてみた。やはり人の姿はない。お夕はいやな胸騒ぎを覚えていた。

勇三郎は殺されたのかもしれない。そうでないことを祈りたいが、どうなっているかわからない。ただ、連れて行かれただけならいいけれど、その先にどんなことが待ち受けているのか、お夕にはわからない。

「勇三郎さん、いますか。いたら返事をして……」

もう一度声をかけたが、同じことだった。

お夕は来た道を振り返った。木々の隙間の向こうに、宿場のあかりが見える。早く引き返して、旅籠に落ち着きたいという思いが募った。それでも、もう少し奥をと思って、足を進めた。

だが、結果は同じだった。勇三郎も、柄の悪い男たちも影も形もなかった。

お夕はようやくあきらめて、来た道を用心深い足取りで引き返した。安堵と不安がない交ぜになっていた。

同時に、よく知りもしない博徒のことを気にすることはない。自分とはなんの関係もない男なのだからと、心の内で弁解した。

うめくような声が聞こえたのは、往還に出ようとする寸前だった。お夕はぴたりと足を止めて、耳をすました。

「……だ、誰か……うっ、うう……」

四、五間先の木の根方にうずくまっている人の影があった。

お夕は胸を押さえながら声をかけた。

「勇三郎さんですか……」

うずくまっている黒い影が小さく動いて、「そうだ」といった。

お夕は駆け寄った。

「無事だったんですね。いったいどうしたんです」

「お夕さんか……いろいろわけがあってな。すまねえが、手を貸してくれ」

「怪我をしてるんですか……」

「たいしたことはねえ。肩を痛めただけだ」

お夕は闇に慣れた目で勇三郎の様子を見て、痛めたという肩に触れた。血は出ていなかった。指先には汗の感触があるだけだった。

「とにかくこんなところじゃ何もできないわ」

お夕はそういって、勇三郎に手を貸して歩きはじめた。勇三郎は荒い息をしていたが、宿場が近づくとそれも収まり、手を貸さなくてもひとりで歩くようになった。

「怪我はひどいの？」

「痛みは大分引いた。骨に罅《ひび》が入ってるかもしれねえが、どうってことねえさ。それより、おれのことを心配して来てくれたのか」

「だって、放っておけないじゃありませんか」

「すまねえな」

日光道中と奥州街道の交差する宇都宮宿には、大小あわせて四十数軒の旅籠があった。問屋場《といやば》の他に貫目改所《かんめあらためしょ》があり、御会場《おあいば》と呼ばれる場所に高札場《こうさつば》があった。

お夕は成り行きで勇三郎と同じ旅籠に草鞋を脱ぎ、それぞれの客間に引き取った。

勇三郎の部屋は廊下を挟んだところなので、お夕はひと息つくと様子を見に行った。

「すまねえ、手伝ってくれねえか」

勇三郎は片肌脱ぎになって、膝の前に置いた晒《さらし》に膏薬《こうやく》を塗っているところだった。

「これを貼って縛ってくれねえか」

お夕はいわれるまま、膏薬の塗られた晒を勇三郎の肩にあてた。そこには二寸ほどの打撲痕があり、青紫色に腫《は》れあがっていた。

「薬、どうしたんです？　宿の人に貸してもらったんですか？」

「いつも持ち歩いてんだ。怪我にも打ち身にも効くっていう薬だ。すまねえ」

お夕は晒が外れないように縛ってやった。

「あの男たちはなんだったんです？」

「ちょいとおれは追われている身でな。別に悪いことをやったわけじゃねえが、逆恨みをされてんだ。関わりたくねえが、向こうはどうにもおれのことが許せねえらしい。だが、もうこれで終わりだろう」

そういわれても、お夕にはちんぷんかんぷんで、よくわからない。

「だけど、こうやって助けてもらったんだ。正直にいわなきゃ、あんたに悪いな」

お夕が目をしばたたいていると、勇三郎が言葉を足した。

「あいつらは会津の博徒だ。会津城下に根を張る炙山《あぶりやま》の鉄五郎《てつごろう》一家というんだが、おれは食客《しょっかく》になっていたんだ。ところが、やつらは口で侠気だ義侠心《ぎきょうしん》だといってい るくせに、弱い者いじめだ。それがどうにも癪《しゃく》に障《さわ》って、親分の鉄五郎を半殺しにして逃げてきた。さっきのやつらは鉄五郎の子分たちだ」

「もうやってこないかしら……」

お夕は心配顔で聞く。

「おれはこの肩を後ろから打ちたたかれて、土手の藪のなかに落ちた。やつらはしばらく探していたが、おれが死んだと思ったらしく、引きあげていった。だから、もう追ってはこないはずだ」

「それならいいんですけど」

お夕は胸をなで下ろすようにいったが、すっかり安心したわけではなかった。

「とにかく、あんたには迷惑はかけねえから」

勇三郎が照れくさそうな笑みを向けてきた。そのとき、どたどたと慌ただしく廊下を歩いてくる足音がした。

お夕と勇三郎は顔を見合わせた。そして、足音が客間の前で止まり、

「お客様」

という声がかけられた。

第三章　大多喜屋

一

十内が夕餉を終え、湯屋から帰ってきて、火鉢の炭を整えていると、戸口で声があった。

「こんばんは。ごめんくださいまし。早乙女様、大多喜屋の茂兵衛でございます。いらっしゃいますか」

「おお、開いている。入れ」

声を返すと、茂兵衛が腰を低くして入ってきた。

「いま湯屋から帰ったばかりだ。表は冷えてきたな」

「へえ、寒くなってきました。それで、お景のことなんですが、何かわかりまししたでしょうか？」

「まだ、何もわかってはいない。いいから上がれ」

茂兵衛は居間に上がり込んできて、火鉢の前にちんまりと座った。

「何かわかったことでもあるのか？」

「そういうことではありませんが、先ほど、お景の実家に行っていた久作《きゅうさく》という手代が帰ってきまして……」

「まさか、実家に帰っていたってんじゃないだろうな」

「いえ、大多喜の実家にも帰っていないというのがわかりました」

「さようか。こんな時分に来るから、実家にいたと思ったじゃねえか」

「そうであれば、それはそれでよかったんですが、里にも帰っていない、家にも帰ってこないとなれば、やはり誰かに攫われたと思うしかありません」

「ふむ」

茂兵衛は心底困った顔でうなだれ、

「こうなったからには、御番所にもお願いしようかと思うんですが、早乙女様にお願いしてある手前、相談をしたいと思いまして……」

と、肩をすぼめて遠慮がちにいう。

「そりゃあ、おまえさん次第だ。おれがとやかくいう筋合いはない」

「そういっていただけると肩の荷が下りますが、御番所にお願いしても、引きつづき早乙女様にはお景探しをしてもらいたいんでございます。いえ、それはちゃんと相談料はお支払いするとお約束しますので……」

「おれはいっこうにかまわねえさ。おまえさんの恋女房が早く、それも無事に帰ってくるのが何より大事なことだからな」

「まったくさようでございます」

「とにかく手は尽くしているところだ。それより、何か探す手掛かりはないか。似面絵だけではどうにもしようがないんだ。お景と仲のよかったものとかいるだろう」

「そのほうにはちゃんと聞いてありますが、さっぱりなんです」

「それじゃ、気になるようなことをいったことはないか？　何もいわずにひょいと出て行っちまったんだから、何かいい残したこととか……」

十内はじっと茂兵衛を眺めるが、茂兵衛は首をかしげるだけである。

「とにかく何か思いだしたら、いの一番に知らせてくれるか」

「はい、そのときは真っ先にお知らせいたします。夜分にお邪魔《じゃま》をいたしました」

そのまま茂兵衛は帰っていったが、ひとりになった十内はなんともやるせない気持ちになった。いい年になって若い女房をもらった茂兵衛の気持ちは、察するにあまりある。

それもお景が初めての女房だというから、茂兵衛はぞっこんだったはずだ。夜も寝られないといっているように、最初会ったときより憔悴《しょうすい》していた。

「なんとかしてやりてえが……」

十内は独り言をつぶやいて、火鉢の炭をいじった。ぱちぱちっと炭が音を立てて、小さな火の粉を散らした。


それは十内が深い眠りについたころのことだった。

時刻は夜九つ（午前零時）を過ぎて間もなくである。

黒装束《くろしょうぞく》（実際は紺股引に、紺半纏、黒頭巾《くろずきん》、黒の胸当て、黒足袋）の男たちは、浅草南馬道町の東にある医王院の境内《けいだい》からあらわれた。

夜陰にまぎれた男たちは、互いに目配せをすると、一度馬道通りの様子を窺い、足音を殺して、大多喜屋に向かい四方に散らばった。

監視役のひとりが天水桶《てんすいおけ》の物陰に身をひそめ、他の者たちは脇道と店の裏に姿を消した。


大多喜屋茂兵衛は、やはり今夜も寝つけずにいた。

目を閉じればお景の顔が脳裏に浮かび、いまごろどこでどうなっているのだろうかと心配が絶えない。それでも商売を休むわけにはいかないから、少しでも眠らなければと焦《あせ》る。その焦りが、ますます眠りの妨げになり、なかなか睡魔はやってこない。

それで何度目になるかわからない寝返りを打ったとき、妙な物音が聞こえてきた。

茂兵衛ははっと目を開けた。隙間風が吹き込んできて、行灯のあかりを揺らした。じっと耳をすますと、店のなかに何者かが侵入してきた足音が聞こえてきた。茂兵衛は年のわりには目も耳も丈夫だから、小さな物音も聞き逃さなかった。

かすかに聞こえる足音が、静かに忍び寄ってくる。

(泥棒……)

とっさにそう思った茂兵衛は、ゆっくり半身を起こすと、枕許の行灯を吹き消した。それからそっと立ちあがり、押し入れに身を隠した。

二人いる住み込みの奉公人のことが心配だったが、茂兵衛はまずは様子を見ようと思った。自分が寝ていた寝間の障子が開かれる気配があった。

「いねえぞ」

ひそめられた声がした。

茂兵衛はやはり泥棒に入られたのだと悟り、押し入れの床を手探りして、二枚の板をはがして、床下に潜り込んだ。

床上でみしっみしっといくつかの足音がする。押し入れの襖《ふすま》が開けられて、また男の低い声がした。

「いない」

「どこへ行ったんだ」

「わからねえ。いねえんだったら、かまうこたァねえ。さっさと金をかっぱらって逃げるんだ」

「おう」

寝間に入ってきたのは二人の男だった。その二人の足音が遠ざかった。しかし、他の部屋にもいくつかの足音がある。

(くわばら、くわばら……)

茂兵衛は目をしっかり閉じて、胸の前で手を合わせた。二人の奉公人たちのことが心配だったが、悲鳴やうめき声などといったものは聞こえなかった。

茂兵衛は騒げば殺される、見つかれば殺されるという恐怖と戦いながら、床下にじっとしていた。

二

どんよりした鉛色の雲が江戸の空をおおっていた。

霙《みぞれ》か冷たい雨が降りそうな雲行きだ。そんな陰鬱《いんうつ》な空を見ると、十内は昨夜訪ねてきた茂兵衛の顔を思いだす。

風が冷たいので通りを歩く侍も職人も、揃ったように肩をすぼめていた。

十内は軽く茶漬けをすすり込んだだけで、家を出ていた。今日もお景探しをしなければならないが、その足取りはおろか手掛かりもない。焦ってもしかたないと思い、今日は市中を探し歩きながら、孫助の報告を待とうと肚《はら》を決めていた。

まだ閑散としている両国西広小路を横目に浅草橋をわたったとき、ふとお文に会いに行こうと思った。道草になるかもしれないが、狩野祐斎の言葉を思いだしたのだ。

祐斎は美人画を描きたいが、その雛形になる女がいないと困っていた。十内はお文なら申し分ないと思うが、まずはお文の気持ちをたしかめておくのが先だと考えた。

本人にその気がなければ、紹介はできない。

浅草天王町の角を左に折れて、お文と甲造の住む浅草猿屋町に足を向けた。商家は開店準備に追われていた。小僧が掃き掃除をしたり、店の前に商品を並べる縁台を置いたりしていた。長屋から出てくる職人たちの姿も目立った。

甲造の家の前に来た。

腰高障子には「指物　いろいろ　請負　甲造」と書かれている。

「ごめんよ」

声をかけると、甲造の声が返ってきた。十内は邪魔をするといって、家のなかに入って後ろ手で戸口を閉めた。

「これは早乙女様、どうぞおあがりになって……」

仕事場に座っていた甲造が、身のまわりに散らかっているものを片づけて勧めた。

「朝早くからすまぬな」

十内はそういってから家のなかを眺めたが、お文の姿は見えない。

「お文はいないようだが……」

「ちょいと使いに行っているんです。じきに帰ってきます」

「大丈夫なのか？」

「日中のあかるいうちは何とかなるようなんです。本人じゃないのでたしかなことはいえませんが、曇っていても日中だったら歩けるとお文がいいますから……どうぞ」

甲造が茶を淹《い》れて差しだしてくれた。

「かたじけない」

十内は湯気をひと吹きして、茶を飲んだ。熱い茶は寒い日にはありがたい。

「それにしても仕事が忙しそうだな」

「へえ、お陰様でありがたいことです。それもこれも、伊沢屋さんの世話があるからです。ほうぼうに声をかけてくださり、ときどき注文を取ってきてくださるんです。仕事のできるうちに、はたらいておかなきゃなりませんからね」

甲造はしみじみとした口調でいう。

「ほう、伊沢屋が注文を……奇特な男だな」

「ありがたいことです。伊沢屋さんは大きな呉服屋ですから、いいお客を持ってらっしゃるんです。そんなお客から注文を取ってくださいます。この膝がよければ、そんな手を煩わせることはないんですが、いい人に巡りあいました。もっともお文の先のことを考えてもいらっしゃるでしょうが……」

「お文だが、仕事をする気はあるだろうか？」

十内の出し抜けの問いかけに、甲造は怪訝そうな目をして、無精ひげの生えた頬をかさかさの大きな手で撫《な》でた。

「何かお文に仕事でもあるってことでしょうか？」

「あるかどうかはわからぬが、知り合いに絵師がいるんだ。美人画を描きたいのだが、その雛形になる女がいないといってる。もし、お文にその気があるなら紹介してもよいと思ったのだ」

なぜか十内は、甲造とお文の前ではちゃんとした侍言葉を使う。

「お文が絵に……美人画ですか……」

甲造は思いがけない話に少し驚いた顔をした。

「じつはおれが世話をしていた女がいたのだが、田舎に帰ってしまってな。その絵師の先生は後がまを探しているんだ。もっとも以前は、色っぽいきわどい絵を描いていたが、この頃はまともな美人画を手がけている。そういうことであれば、お文ならうってつけだと思ったんだ」

「なるほど。それはいいかもしれませんね。お文も目の見えるうちに、自分の絵を見られたらそれは喜ぶんじゃないでしょうか」

甲造は目尻に深いしわを寄せて賛同してくれる。

「まあ、これはお文本人の気持ちもあるだろうから、聞いてみたいと思ってな」

「それじゃ帰ってきたら、早速聞いてみることにいたします」

「そうしてくれるか。それで、遠くまで使いに行ったんだろうか？」

「さほど遠くじゃありません。三味線堀《しゃみせんぼり》にある久保田《くぼた》様というお旗本の家です。ひょっとすると奥様につかまっているかもしれませんが……」

久保田家の妻女がお文を気に入ってくれて、ときどき長話をするらしいと、甲造は付けくわえた。

「それじゃ待っていても遅くなるかもしれぬな。では、さっきのこと聞いておいてくれるか。暇を見て、また訪ねてくることにする」

「申しわけないことで……」

甲造の家を出た十内は、一度、左右を見たが、お文の姿はなかった。

そのまま来た道を引き返して、表通りに出た。さっきより通りには人が多くなっていた。若い女と見れば、お景ではないかと目を皿にするが、みんな人ちがいであった。

御蔵前を過ぎ、浅草黒船町に差しかかったときだった。前方から足早に歩いてくる二人の男の姿が目に飛び込んできた。

（まったくこんな朝っぱらからいやな男に……）

胸中でぼやいたとき、先方が気づいて手をあげた。服部洋之助だった。連れは、金魚の糞の松五郎だ。

「ようよう、いいところで会った。おまえさんに会わなきゃならねえと思っていたところだ」

近づくなり、洋之助はいつものように気安く肩をたたいてくる。

「こんな朝っぱらから見廻りとは、ずいぶんと仕事熱心じゃねえか」

「おらァ、言葉に気をつけやがれ！」

いつものように松五郎がすごんでにらみを利かすが、

「まあ、おめえは引っ込んでいな。大事な話があるんだ」

と、洋之助に諫《いさ》められて下がった。

「大事な話とはなんだ？」

「おめえさん、馬道にある大多喜屋という道具屋を知っているな」

洋之助は目を鋭くして、にらむように見てくる。

「知っているが、それがどうした？」

「まさか、早乙女ちゃんの仕業《しわざ》だとは思わねえが、厄介なことが起きたんだ」

「何が起きたっていう？」

そう聞きながら、十内は瞬時に、お景の身に何かあったのではないかと思った。

だが、そうではなかった。

「昨夜、大多喜屋が賊に襲われたんだ」

「なんだって」

驚かずにはいられなかった。

三

近くの茶店で大まかな話を聞いた十内は、茂兵衛と住み込みの奉公人が無事だったことに安堵した。それでも金蔵が破られ、五百余両が盗まれたという。

それにしても、嫁がいなくなったり、盗賊に入られたりで、茂兵衛は踏んだり蹴ったりだ。昨夜、しょぼくれて帰っていった茂兵衛の姿が瞼《まぶた》の裏に浮かんだ。

「おい、ちゃんと聞いてんのか」

洋之助に叱られるようにいわれて、十内は遠くに向けていた視線を元に戻した。

「ちゃんと聞いてる」

「それで、おまえさん、このごろ大多喜屋に出入りしていたらしいな。まあ、主の茂兵衛から、いなくなった女房を探してくれと頼まれているのは知っているが、昨夜はどこで何をしていた」

「なんだ、おれを疑っているのか?」

十内が眉宇《びう》をひそめると、松五郎がすかさず声をかぶせた。

「どこで何をしてたんだ。いわねえかッ。痛ッ」

「おまえは黙ってろ。おれが聞いてんだ」

洋之助に頭をひっぱたかれた松五郎は、すごすごと引き下がった。

「で、どうなんだ?」

「おれはずっと家にいた。茂兵衛が五つ(午後八時)ごろ訪ねてきてな。それからは一歩も家を出ていない」

「ふ〜ん」

洋之助は気のない返事をして、十手で肩をたたき、

「それじゃ、大多喜屋に賊が入ったころおまえは家にいた。だが、おまえが家にいたのを知っている人間はいないってことだな」

十内はぎらっと目を光らせて、洋之助をにらんだ。

「なんだ、おれが盗みに入ったとでもいいたいのか」

「野郎ッ」

無礼な言葉を吐く十内に、松五郎が嚙《か》みつきそうな顔を向けてきたが、十内も食い殺すような目でにらんだ。

「まあ、おまえさんがそんなことするとは思っちゃいないが、念のためだ。その代わり……」

言葉を切った洋之助は、指先で薄くて赤い唇をなでた。

「その代わりなんだ？」

「賊探しを手伝ってもらう。この一件は久しぶりの難事だ。火盗改《かとうあらた》めも出張《でば》ってきたが、これは町奉行所で片づけることが決まった。おまえさんの疑いを晴らしたかったら、おれに手を貸すことだ」

「おれの疑いだと……」

「そうだ、おまえさんが賊の仲間じゃないって証拠はないんだからな」

十内は、胸中で「くそっ」と、吐き捨てた。洋之助は手柄を立てたいがために、また自分を利用するつもりなのだ。腹の内は読めている。しかし、断れば容疑者扱いをするだろう。それは御免こうむりたいし、お景探しもある。

「わかった。手伝おう。だが、おれも頼みがある」

「茂兵衛の女房探しか……」

どうやらすでに聞いているようだ。

「そうだ。これがお景の似面絵だ。松五郎、おまえも持っていろ」

十内は似面絵をわたした。松五郎はしぶしぶ受け取ったが、絵を見るなり、ぽかんと口を開けた。あまりにもきれいだからだ。女にもてない松五郎は、そっち方面はうぶだから、見惚《みと》れたように絵を眺めている。

「じつは、大多喜屋からいなくなって数日後に、浅草広小路で男と歩いていたのがわかっている」

「おい、それは聞き捨てならねえな」

洋之助が顔を向けてきてつづける。

「ひょっとすると、お景が今度の押し込みにからんでいるとは考えられねえか。お景は茂兵衛の女房だった。店のことは隅々まで知っている。茂兵衛の女房になったのも、長い計略があってのことだったのかもしれねえ。そして、いっしょにいた男が賊だった」

そう考えることもできると、洋之助は言葉を結んだ。

少々穿《うが》った推量だが、十内は反論しなかった。まったく否定はできないのだ。

「お景が男といっしょだったというのはどうしてわかった？」

十内は、太助という生薬屋の小僧の話をした。

「それで、賊の手掛かりは……」

洋之助は、いまのところは何もないと首を横に振り、改めてお景の似面絵に視線を落とし、

「ひょっとすると、この女房が鍵かもしれねえ」

といって、似面絵を指ではじいた。

四

洋之助と別れた十内は、その足で大多喜屋を訪ねた。

「金は盗られたが、殺されなかったのは何よりだった」

「それだけが救いでございます」

大多喜屋茂兵衛はしおたれ顔でため息をつく。

「住み込みの奉公人は二人だったな。そいつらは賊の顔を見なかったのか?」

「見ておりません。いきなり寝ているところを襲われ、顔に袋をかぶせられ、当て身を食らい、そのまま気を失っていたらしいのです」

「呼んでくれないか。服部という同心にも聞かれているだろうが、おれもこの耳で聞きたい」

「服部様をご存じで……」

茂兵衛は驚き顔をした。

「知っている。気の利いた町方だ」

皮肉だったが、茂兵衛には通じなかった。すぐに住み込みの奉公人二人がやってきた。安吉《やすきち》と信太《しんた》という名だった。

安吉はのっぺり顔の痩せで、十六歳だった。信太はにきび面の十七歳。二人とも小僧である。

「賊の声を聞いているか？」

信太が聞いたといった。

「聞き覚えのある声じゃなかったか？」

「さあ、ひそひそ声でしたから、よくはわかりません」

「安吉、おまえは何も聞いていないのか？」

「はい、気づいたら気を失っていたようで……旦那様に起こされて、そういえば腹と首のあたりに当て身を食らったんだと思いだしました。しかし、それも夢だったのではないかと、起こされたときは思っていまして……」

「茂兵衛に起こされて、賊が入ったと、初めて知ったというわけか」

「さようです」

「すると、はっきりした声を聞いたのは、茂兵衛だけということか」

十内は茂兵衛に顔を向けた。

「はっきりではありませんが、いくつかの声を聞きました。このことも服部様に申したことですが……」

「おれも聞きたいんだ」

「知っている人の声ではなかったような気がします。何となくわかったのは、盗人《ぬすっと》の数です。おそらく五人だったんじゃないかと思います」

「五人……」

「いまになって考えると、盗人は店のことをよく知っているふうでした」

「それは、店の造りがどうなっているか、ということだな」

「はい、何もかも知り尽くしている様子でした」

「ふむ」

腕を組む十内は、天井の隅を見つめた。洋之助がいったように、賊にお景が手を貸していると考えていいかもしれない。しかし、そのことは口にしなかった。

「盗まれたのは五百両あまりだというが、それはどこにあった？」

「仏壇裏の金蔵です。よくそんなところを探しあてたものだと……」

茂兵衛は「はあ」と、肩を落としてため息をつく。

「見せてくれるか」

十内は茂兵衛の案内を受けて、仏壇裏の金蔵を見せてもらった。頑丈な錠前がかけてあったが、それは壊されていた。

それから賊の侵入口を見た。それは厠横《かわや》の雨戸だった。昨夜はきっちり閉めてあったが、要領よくこじ開けられていた、と茂兵衛がいう。そして、賊は裏木戸から入ったことがわかった。これもうまくこじ開けられていたのだ。

「賊が入ったのは九つ過ぎだったらしいが、なぜ、おまえは朝まで黙っていた」

「そりゃ気が気でありませんでしたが、まだ賊が残っているんじゃないかと怖くて、朝までじっとしていたんです」

「夜明けまで床下にいたということか」

「はい。鶏の鳴き声がするまで、膝を抱えて息を殺していました。まったく生きた心地がいたしませんでした」

十内は庭におりて、賊の足跡がないか地面を眺めていった。いくつかの足跡を見つけたが、ただそれまでのことだった。

奉公人も茂兵衛も賊への心あたりはまったくなかった。そして、賊は何ひとつ手掛かりとなるものを残していないこともわかった。

これではまったくのお手上げで、大多喜屋は金を盗まれて損をしただけの恰好である。だからといって、あきらめるわけにはいかない。

「賊がこの店の造りをよく知っていたってことは、この店のことをよく知っている者の仕業だというしかない。そうだな」

十内は座敷に戻り、茂兵衛と二人だけになっていった。

「そうなるんでございましょうね。服部様も同じことをいわれました」

「奉公人たちのことはどうだ？」

十内は茂兵衛を食い入るように見る。茂兵衛の目が短く泳いだ。

「まさか、うちのものにかぎって……」

「疑いたくはないだろうが、ここは心を鬼にして疑わなければならない。住み込みの小僧は別にして、通いの者たちの住まいを教えてくれるか」

茂兵衛はそれも洋之助に教えたといった。だが、十内も聞きだした。

「それから贔屓《ひいき》の客と、この店によく出入りするものを教えてくれるか」

「服部様にお伝えしてありますが、わかりました。しかし、うちはご存じのとおり道具屋です。足しげく何度も来る人がいたとしても、それは年に二、三度か、半年に一回という方ばかりです。たいていのお客は、一度買ったらそれきりが多いですから」

「そんなことはどうでもいい。この店をよく使う客がいるだろう」

「何人かいらっしゃいますが、まさかあの人たちが……」

茂兵衛は人を疑らない男のようだ。それでも、四人の男のことを教えてくれた。

「それでお景のことですが、どうなっていますでしょうか?」

茂兵衛は盗まれた金より、お景のことのほうが心配のようだ。

「探しているさ。それより、昨日もいったが、お景がいなくなる前に、何か気になるようなことはなかったのか」

「あれこれ思いだそうとはしているんですが……」

茂兵衛はそういって首をひねるだけだった。

五

「疲れたんじゃないか」

勇三郎がお夕を振り返っていった。

「いえ、大丈夫です」

「もうすぐ小金井《こがねい》だ。そこで少し休もう。何しろ朝から歩きづめだからな」

勇三郎がいうように、休みを取らずに歩いていた。宇都宮の旅籠を出たのは、まだ夜が明けきらぬ時分だった。それだけ距離は稼いだが、さすがに足が疲れていた。

昨夜、炙山の鉄五郎一家に襲われた勇三郎の怪我の手当てをしたあとで、番頭が部屋を訪ねてきた。そのとき、お夕はまた鉄五郎一家が来たのではないかと、身をすくめたが、番頭の用事は別のことだった。

「今夜は風呂の湯を早く落としますので、早く入っていただけますか」

と、いうことだった。

お夕と勇三郎は慌ただしい足音に肝を冷やしていただけに、それを聞いたときは、ほっと胸をなで下ろした。

「それにしても、かえって世話をかけることになっちまったな。すまねえな」

「いえ、それはもういわないでください。わたしも嘘をついていたんですから……」

お夕は勇三郎を警戒して、宇都宮に迎えが来ているといったが、昨夜正直なことを打ち明けていた。

「端《はな》っからそんなことだろうと思っていたんだ。気にするこたァない。だけど、あんたのいうその早乙女という浪人が羨《うらや》ましいよ。越後の実家に戻った女を、無言の力で呼び寄せるんだからな」

「……わたしが勝手にしているだけです。早乙女さんは何も知らないんです」

「惚れてるんだ」

そういわれて、お夕はどきっとした。そして、そうなのだと思った。いつから、そんな思いを抱《いだ》くようになったのか、自分でもわからないが、江戸を離れれば離れるほど、早乙女十内という男のことが忘れられなくなった。

（早乙女さんも、同じ気持ちでいるかしら……）

そうであってほしいと思うが、まったく自信がなかった。ひょっこり江戸に舞い戻った自分を、また以前のように子供扱いするかもしれない。

でも、それならそれでいいと、お夕は割り切っていた。

（そばにいられれば、あたしはそれでいいんだから……）

お夕は遠くの空を見て、小さな笑みを浮かべた。それにしても暗い空だ。昨日は、どうにか天気は持ったが、今日は崩れるかもしれない。そんな空模様だった。

お景は朝から落ち着かなかった。

昨日、直吉はなるべく早く帰ってくるといった。仕事の捗《はかど》り方次第では、夜中に帰ってこられるかもしれないと……。

それなのに、直吉は帰ってこない。もうすでに正午を過ぎているというのに、直吉の足音もしない。

お景はさっきから上がり框に座っていた。腰高障子に影が映ると、尻を浮かしては人ちがいだと落胆して座りなおした。表に何度も出て、通りを眺めたが、直吉の姿はなかった。

（どうしたのかしら……）

直吉のことを心配すると同時に、夫・茂兵衛を裏切ったという良心の呵責《かしゃく》に苦しんでもいた。

直吉の誘いに乗り、この長屋についてきたのは、魔が差したからかもしれない。しかし、茂兵衛といっしょになったのも、ある意味では魔が差してのことだったのかもしれない。

たしかに茂兵衛は不自由しない暮らしをさせてくれた。やさしく接してくれ、思いの外《ほか》大事にしてくれた。お景に不平や不満などなかった。

ひとつあるとすれば、それは年齢差だった。茂兵衛を父親といっても誰も不思議がらないほどなのだ。ときどき、親子で暮らしているような錯覚に陥ったこともある。

だけれど、それはそれでよかった。きれいな着物を誂《あつら》えてくれるし、洒落《しゃれ》たものを見つけたからと、簪《かんざし》・櫛・笄《こうがい》などを買ってもくれた。

貧しい家に育ったお景にとって、茂兵衛との暮らしはまるで夢のようだった。三度三度の食事は自分で作るのだが、茂兵衛はおかずをふんだんに作らせた。

実家ではそんなことはなかった。めざしと漬け物のときもあれば、味噌汁《みそしる》を冷や飯にかけて食べることもめずらしくなかった。

茂兵衛は、質素倹約を忘れてはいけないが、うちではけちくさいことはしなくていいといってくれた。体が大事だというのだ。栄養が足りなかったばかりに、病気になったら元も子もない、元気に暮らすにはよく食べることだといった。

そのせいで、お景は肉置きがよくなったし、肌にもつやと張りが出た。

「おかみさん、見えたときよりずいぶんと女が上がりましたね」

番頭の仙蔵《せんぞう》にそういわれたこともあった。

(店に帰ってしまおうかしら)

ふと、そんなことが心をよぎった。いまならまだ間に合うという気持ちもある。いいわけを考えなければならないが、茂兵衛のことだから許してくれそうな気がする。それに、茂兵衛がどれほど心配しているかも手に取るようにわかる。

しかし、直吉のことも心配だ。帰ってくるといった人が、いつまでたっても帰ってこないのである。それに直吉は、仕事がうまくいけば贅沢をさせてやれるといった。

自分を愛《いと》おしんでくれてもいる。そして、お景には幼かったころの思いがかなったという充足感もある。

直吉は大工としては、まだこれからの人間だろうが、夜中にも仕事に出る熱心な職人だ。直吉とこのままいっしょにいても、暮らしに困ることはないだろう。

(ああ、わたしは悪い女だわ)

お景は直吉と茂兵衛を天秤《てんびん》にかけている自分に気づいて、小さなため息をついた。

（どうしよう）

腰高障子がゆっくりあかるくなっていった。空に晴れ間が出たようだ。

茂兵衛の店に帰るんだったら、直吉に一言謝らなければならない。いや、ちがうと、お景は胸の内で否定する。帰ってこない直吉に、何か悪いことが起きたのではないかという不安があるのだ。

茂兵衛の許に帰るとしても、元気な直吉の顔だけは見ておきたい。大多喜屋に戻るかどうかは、直吉に会ってから決めることにしようと思った。

それからしばらくして長屋を出、表通りに立った。左右を見まわして、直吉の姿を探す。いったいどこへ行ったのかしら。そう思ったとき、夜中にも大工仕事があるのかしらと疑問に思った。

しかし、ここは田舎とちがい、華のお江戸である。諸国の大名とその家臣たちが大勢いるし、田舎にいたときには想像もしなかった金持ちがいる。きっと、いろんな仕事があるはずだ。

こんなことなら仕事先を、ちゃんと聞いておけばよかったと後悔した。通りをしばらく行ったり来たりしたが、やはり直吉は姿を見せなかった。あきらめて長屋に戻って待つことにした。

お景は長屋の入り口まで戻って、もう一度振り返った。西は上野のお山、東にまっすぐ行けば浅草寺《せんそうじ》にぶつかる。雲の隙間から、まぶしい光の条《すじ》が地上に射していた。

吐息《といき》をついてもう一度長屋に入ろうとしたとき、やってくる大八車の陰から肩に道具箱を担いだ男の姿があらわれた。

直吉だった。お景は、ぱあっと顔を輝かせた。

六

浅草福井町三丁目に、駿河屋《するがや》という老舗《しにせ》の茶問屋がある。商売をやるにはあまり場所はよくないが、近所にある大名家が贔屓にしてくれているので、盤石《ばんじゃく》な経営をつづけていた。この駿河屋の主・丹兵衛《たんべえ》は、大多喜屋の贔屓客のひとりだった。

丹兵衛を訪ねた洋之助は、客座敷にとおされて茶をもてなされていた。床の間の掛け軸も、火鉢も年代物で、また湯呑みも名器といわれるものだった。

もっとも、それは丹兵衛がそういうだけで、洋之助にはちっともわからない。だが、丹兵衛の羽振りのよさには捨て置けないものがある。

「それにしても、どこに賊が入るかわかったものじゃありませんね」

大多喜屋が襲われた一件を聞いた丹兵衛は、口でいうほど気の毒がったり驚いたりはしていなかった。駿河屋にとっては対岸の火事だから、そんなものなのだろう。

「それで、昨夜は店からは出ていないんだな。いや、これは念のために聞いているだけだ」

「申しましたとおり、昨夜は茶の会を開いておりましたので、外出は決してしておりません。お調べになればわかることでございます」

洋之助は調べるつもりなどなかった。調べても、丹兵衛のいうとおりだろうし、言葉にも態度にも嘘は感じられない。それは勘であったが、伊達《だて》に町奉行所の同心を務めているのではないから、十中八九まちがっていないはずだ。

「まあ、よいだろう。何か気になることや、気づくことがあれば、真っ先におれに知らせてくれるか」

「それはいの一番にお知らせすることにいたします」

では、頼んだといって洋之助は立ちあがりかけたが、すぐに腰をおろした。まだ、なにか、と丹兵衛が眉《まゆ》を動かす。

洋之助のもうひとつの仕事はこれからである。口の端にやわらかな笑みを浮かべて、品のある丹兵衛の顔を眺める。

「この店も、いつ大多喜屋の二の舞になるともかぎらない。その用心はしっかりしておいたほうがよいだろう」

「そりゃもう……」

「それで、尻持ちはいるのかい？　御番所の人間のことだが……」

「いえ、うちはそのようなことはまったく心配がございませんので、尻持ちをしていただくことはありません」

丹兵衛は上品な面立《おもだ》ちで微笑む。障子越しのあわい光が、櫛目のとおった銀髪の鬢を照らした。洋之助も笑みを返す。もちろん、このまま引き下がるつもりはない。私腹を肥やすには、久しぶりに会ういいカモである。

「まったく心配はないというが、それは感心しないな」

「と、おっしゃいますと……」

「大きな声じゃいえないが、じつは盗賊が横行している。大多喜屋は盗まれた金が大きかったから騒ぎになっているが、それ以外にもあるんだ」

「ほんとうでございますか」

　丹兵衛は顔をこわばらせ、身を乗りだしてくる。

「品川では主夫婦とその家族が殺されて、火をつけられたこともあった。これは他のものが調べにあたっている。過信はいけねえぜ。それに、もしものことがあったとき、日ごろから通じあった同心でもいれば、すぐにでも動いてくれるだろうが、そうでなきゃ、後まわしだ。そうなると、まったくの泣き寝入りになりかねないし、現にそんな店はいくらでもある」

「まことに……」

「おれがいうんだ。これは駿河屋のためを思っての親切な忠告だ。それに面倒ごとはいつ降りかかってくるかわからねえ。店のことを思うなら、尻持ちをつけるのは悪いことじゃない」

　丹兵衛は視線を宙に彷徨《さまよ》わせた。

　洋之助はわずかに残っている冷めた茶で舌を湿らせた。

「もし、今夜この店に賊が入ったとしても、御番所で動ける人間はいない。みんなそれぞれに、厄介な難事を扱っているからな」

「そんな、でも御番所はそのときのためにあるんじゃございませんか」

「そりゃそうだ。だがよ、駿河屋。おれのような外役の同心が何人いると思う？南北の御番所を合わせても、二十四人前後だ。その数で江戸八百八町を見廻っているんだ。目の届かないことは数多《あまた》あるし、手をつけられないこともある。そんなときに尻持ちをしてくれる町方が、いると、いないじゃ大ちがいだ。ま、こんなことは年季の入った駿河屋だからいまさらいうことでもないが……」

脅しはここまでである。洋之助は今度こそ立ちあがった。

「お待ちください」

すぐに声がかかったので、洋之助はにやりとほくそ笑んで、ゆっくり丹兵衛を振り返った。

「服部様に尻持ちをお願いできませんか」

丹兵衛の顔に泣きが入っていた。

「おれでなくてもいいだろう。他にも同心はいるんだ」

洋之助はわざともったいぶる。おれはいま、大多喜屋の一件で忙しいとも言葉を添え足す。

「いえ、これもなにかのご縁です。服部様にぜひともお引き受けいただきたいのですが……」

「まあ、そこまでいわれりゃ考えないでもないが……だがな……」

「いえいえ、ひとつお願いいたします。やはり、不用心はいけません。ことがあったときに、何もしてもらえないのでは困ります。あ、ちょっとお待ちを……」

丹兵衛はそそくさと立ちあがると、隣の部屋に行ってすぐに戻ってきた。

「これはほんの初手の気持ちです。これを機に、今後よろしくお願いしたいのですが……どうぞ、お受け取りください」

丹兵衛は包み金を差しだして頭を下げる。

「そこまでいわれりゃ、断りづらいではないか。さようか、ま、わかった。この店のことは、ちゃんとこの胸にたたみ込んでおこう」

洋之助はさも当然という手付きで、包み金を懐にねじ込んだ。

店の表に出ると、松五郎と小者の弁蔵が駆け寄ってきた。

「旦那、乙吉《おときち》も来やした」

松五郎が一軒の茶店を振り返っていった。その店先に立っていた小者の乙吉が、すぐに駆け寄ってきた。

「駿河屋は此度の一件には関わっちゃいない。残る贔屓客は三人だが、これからおれがあたってゆく。おまえたちは大多喜屋の店のものを調べろ。住み込みの小僧はどうでもいい。番頭と手代だ。それから女中がいる。全員、遺漏なく調べろ」

へえ、と三人の手先は声を揃えた。

「松五郎、てめえは下っ引きを動かせ。賊はなんとしてでも、おれたちで引っ捕らえる」

「とっくにその気です」

がに股の弁蔵が気負い込んだ目をすれば、

「大多喜屋の一件は、旦那ひとりの肩にかかってんですから、気は抜けません」

と、ぎょろ目の乙吉もいう。

大多喜屋に入った賊捕縛の命《めい》は、洋之助ひとりに下りていた。もっとも自分で町奉行に名乗りをあげたということもあるし、他の同心らは別件で忙しいということもある。

「店のものの調べが終わったら、出入りの御用聞きや商人も調べろ。賊は店のことに詳しい。ひょっとすると、茂兵衛の親戚ということも考えられる。そのことを頭に入れておけ」

「早乙女はどうするんです？」

松五郎だった。

「あいつは逃げた茂兵衛の女房を探している。その女房が賊とつながっていることも考えられる。それは早乙女ちゃんにまかせておいていいだろう」

「いいんですか」

松五郎は面白くない顔をする。

「こういうときは、立っているものは親でも使えっていうことだ。それから、わかったことがあったら早乙女ちゃんにも知らせろ。この一件は手際よく片づけたい。わかったな」

へえ、と三人が再び声を揃えた。

「よし、行け」

指図をした洋之助が、さっと手を振ると、三人はそれぞれに去っていった。

見送った洋之助は、片手を懐に入れて、丹兵衛からもらった金包みの感触をたしかめて、五両か、と内心でつぶやいた。

七

小伝馬町《こでんまちょう》三丁目に店を構える鼈甲細工屋《べっこうざいくや》・彦根屋《ひこねや》の主・徳兵衛《とくべえ》は、大多喜屋にとっては贔屓客の筆頭といえた。それも、鼈甲細工の古いものが出るたびに、大多喜屋から知らせを受けて足を運ぶからである。

十内が真っ先に、盗みに関与しているのではないかと、目をつけた人物だった。なぜなら、大多喜屋茂兵衛は徳兵衛が訪ねてくるたびに、客座敷にとおして茶をもてなし、ときには世間話に興じると聞いていたからだ。

当然、徳兵衛は厠にも立っているだろうし、店の造りにも詳しいはずだった。しかし、昨夜、徳兵衛は日本橋小網町《こあみちょう》の貸座敷で行われた、囲碁仲間の寄り合いに行っていることがわかった。

十内はそれでも、疑いを解かなかった。賊に利用された、あるいは裏で賊とつながっている可能性もあるからだ。

しかし、それも外れであった。徳兵衛は碁に凝っており、暇さえあれば碁会所や碁敵《ごがたき》の家に入り浸っていた。その碁敵も、盗賊らしきあやしい人間とのつながりはなかった。

その調べに半日を費やした十内は、徒労感を募らせて家の近くまで戻ってきた。茂兵衛の女房・お景探しを忘れているわけではない。そして、洋之助がいったように、お景が賊とつながっている可能性も否定はしていない。

事件はお景が行方をくらましたあとで起きたのだ。お景への疑いを解くことはできない。だが、そのお景の行方がとんとわからない。探す手掛かりもなければ手立てもない。

(困ったもんだ)

十内は刷毛《はけ》で掃いたような筋雲と、うろこ雲の浮かぶ空を見あげてため息をつく。

雲は西にまわり込んだ、弱い日の光に染まっていた。

頼みの綱である孫助に会おうと、「栄」を訪ねたが、今日は朝から顔を見せないと店主がいう。感心にもお景を探すために歩きまわっているのかもしれない。

孫助は情報通であった。いったいどこからそんなことを聞いたり、調べたりしてくるのかと、驚くことがあるが、その種（情報）許は決して明かさない。

教えろといっても、

「先生、それぱかりは勘弁です。あたしゃ、これで飯を食ってんですから」

と、汚い歯茎を見せて笑うだけだ。

途方に暮れたように町角に立った十内は、さてこれからどうしようかと考えたが、お景探しに進展がないのと、彦根屋徳兵衛の調べで常になく疲れを感じていた。

こんなときは、気晴らしに酒を飲みたいと思う。そう思う矢先に、隣に住んでいたお夕と由梨のことを思いだした。

いつも騒がしい女たちだったが、気晴らしの相手をよくしてくれた。煩わしく思うこともあったが、振り返ってみれば悪い女たちではなかった。

屈託がなく純な女たちだった。このところ、毎日の暮らしに張りあいをなくしているのは、あの二人の女がいなくなったからか……。

（まさか……）

と、否定するが、じつはそうかもしれないと思いもする。もう会うことのない女たちなのだ。郷里に帰って幸せな人生を送るだけだろうし、そう願わずにはいられない。

家に帰るには早すぎるし、あかるいうちから酒を飲む気にもなれない。かといって、賊の探索にもお景探しにも疲れていた。

なぜか自然に足が向くところがあった。狩野祐斎の家である。お文のことを軽く打診してみようと思ったのだ。

「ようよう、上がりなさい上がりなさい」

玄関に入るなり、迎えてくれた祐斎が機嫌良く仕事部屋に誘ってくれた。なぜか客座敷ではなく、いつも仕事部屋である。引っ越す前の家でもそうだった。

「何かよいことでもありましたか？」

腰を据えるなり十内が訊ねると、

「あれっ」

と、祐斎は首をかしげる。

「やけに嬉しそうにしてるじゃありませんか」

「何を申す。おまえさんが来たということは、例の頼まれごとを果たしてくれたんだと思うからだ。そうではないのか……」

祐斎は不安そうな真顔に戻った。

「ああ、あの美人画の件ですね。そうです、じつはそのことで伺ったんです」

「見つかったんだな」

祐斎は気色を戻して乗りだしてくる。

「まだ、当人の返事は聞いてませんが、親代わりになっている甲造という職人は乗り気でした」

「それは、この前聞いた女のことかね」

「そうです。ただ、どうかと思うことがあるんです」

「なんだね」

「目が弱っているんです。日のあるあかるいうちは人の手を借りずに歩けるんですが、いずれ見えなくなると医者にいわれているそうで……」

「そんなに目が悪いのか……う〜ん」

祐斎は興味の冷めた顔になって身を引き、腕組みをした。

「しかし、美人です。目の覚めるような美しい娘です」

「ふむ、でもなァ。そんなに目が悪いんじゃ……」

祐斎は興味なさそうに、煙管を弄《もてあそ》ぶ。十内も強く推せないので、散らかっている仕事部屋を眺めた。と、あるところで目が留まった。

「先生、あの絵をわたしに譲ってくれませんか」

十内がお夕の絵を見ていうと、祐斎はつけたばかりの煙管をぷかりと吹かして、

「あれは売れ残りだ。どこの版元もほしがらない。大胆な恰好のお夕の絵には飛びついてくるのに、まともな絵だと食いつきが悪くてな」

十内は、そんなに大胆な恰好をお夕にさせていたのかとあきれる。目を留めたのは、先日来たときに見た、物憂い顔をしているお夕の官能的な絵だ。その絵が売れないなら、いったいどんなお夕の絵が出まわっているのだろうか……。

「では、そのわたしのいう目の悪い娘が、うんと首を縦に振ってくれたら、あの絵をくれませんか」

「目が悪いんだろう。いくらいい娘だといわれても、どうもその辺が引っかかるんだなァ……」

「それじゃ気に入ったら、ということでは……」

「まあ、そのときはいいだろう。ああ、それじゃ面倒だ。あの絵は先に持って帰っていい。その目の悪い娘がだめでも、あんたには他にも探してもらうから、その駄賃だ」

そんなわけで十内はお夕の絵を持って帰ることになった。

祐斎の家を出たときは、すでに夕靄《ゆうもや》が漂っていた。何となく長く感じる一日だったが、今夜はお夕の絵を眺めて軽く晩酌をしようと考えた。

「先生、待っていたんですよ」

背中に声がかかったのは、家の戸口に立ったときだった。

振り返ると孫助が小走りでやってきた。

「何かわかったか？」

「へえ、お景といっしょだった男のことがわかるかもしれません」

第四章　大工探し

一

「道具箱を担いでいた？」

孫助を座敷に上げて、話を聞いた十内は、首をかしげた。

「へえ、ですから大工じゃねえかと……さもなくば左官職人」

「それを見たのは、棒手振《ぼてふり》だったんだな」

「へえ、太七《たしち》という魚屋です。花川戸あたりを流している男で、お景とその職人がいっしょだったのを三回ほど見てるようです。一度は梅見で賑わっている自性院の境内で、ずいぶん仲よさそうにしていたと……」

自性院は梅で有名である。梅見のときに会っていたということは、お景はその男とずいぶん前から関係があったと考えていいだろう。

「その太七という魚屋には会えるか？」

「花川戸に行けば会えるはずです。それで先生、あとはむずかしいことじゃありませんよ」

「どういうことだ」

「男が大工か左官なら親方を探せばすむことです。男は二十四、五だったといいますから、それとなくわかると思うんです」

「なるほど、そうだな。だが、名前はわかっていないんだな」

「へえ、そこまでは……」

孫助は頭のうしろをかく。ふけが散らばったが、十内は黙っていた。

「よし、明日はその職人を探そう。その前に太七に会うのが先決だな」

「で、あたしゃここまででいいんで……」

「いや、まずは大工の棟梁《とうりょう》をあたってくれねえか。おれは太七に会って、その職人のことを詳しく聞くことにする。しかし、よく調べてくれた」

褒められた孫助は、ちんまりした目を嬉しそうに細め、

「いえ、大多喜屋は馬道にありますから、まずはその界隈《かいわい》で聞けば何とかなるんじゃないかと思っただけです」

といった。

「それにしてもおまえがいて助かる」

「それ、お夕さんでしょう」

孫助は十内が脇に置いていた絵に目を向けていた。

「祐斎先生から譲ってもらったんだ」

「色っぽいですね。お夕さんは……」

あれ、と十内は思った。

「おまえ、会ったことはなかったんじゃ……」

「何をおっしゃいます。あたしゃ先生のことならなんでも知ってますよ」

（するとおれの実家のことまで知っているのか……）

そう思ったが、口には出さなかった。孫助は種集めで糊口《ここう》をしのいでいる男だ。その分口が堅い。実家のことを知っていたとしても、めったに人に話すことはないはずだ。

「仲のよい由梨さんのことも知ってますよ。あの二人、先生にぞっこんでしたからね」

「なに、あの二人がおれに……まさか、そんなことあるか」

十内は歯牙《しが》にもかけないという顔で、煙管を手にした。

「いえいえ、まんざらでもなかったんですよ。先生が気づかなかっただけでしょう」

「そうかな……」

十内は煙管に刻みを詰めた。

「それじゃ、あたしゃ大工の棟梁をあたってみます。それがだめなら左官の棟梁を探すことにしましょう」

「頼む。孫助、これは酒手だ。取っておけ」

孫助は小粒二枚を押し戴《いただ》いて帰っていった。

ひとりになった十内は、煙管を吹かしながら、考えごとをした。

お景は攫われたのではなく、職人の男と駆け落ちしたのかもしれない。それも、梅の時季からの付き合いだ。いや、もっと前から付き合っていたのかもしれない。

魚屋の太七が見た職人は二十四、五だという。中年の、それもお景より二回りも年の離れた男より、魅力的なはずだ。

二人が密会していたのを、茂兵衛はおろか店のものも知らなかった。二人は何度もひそかな逢瀬を重ね、ついに心をひとつにして道ならぬ恋を成就させたのか。

もし、そうであれば、今回の盗賊の一件とはなんの関係もないということになる。それはそれでよいが、可哀想なのは女房に逃げられた茂兵衛だ。

とにかくお景を探さなければならない。なにしろ二十両である。もっとも服部洋之助の助《すけ》ばたらきもあるが、こちらからの収入は期待できない。

ケチな洋之助はなにかと口実をつけては、助料を値切る男だ。一度はまったくはたらき損ということもあった。

洋之助の助ばたらきを無視して、お景探しだけに専念しようかと思うが、茂兵衛の弱り切った顔を思いだすと放っておけなくなる。

とにかく、お景を探す手掛かりをつかんだのはたしかである。吸っていた煙管を灰吹きに打ちつけた十内は、ごろりと横になった。

ふと、孫助がさっきいった言葉が甦《よみがえ》った。

――あの二人、先生にぞっこんでしたからね。

そんなことあるかと、十内は心中で否定する。実際、十内は二人のことを小娘だと思っていたし、ときには妹みたいな存在だという自覚しかなかった。お夕も由梨も隣のお兄さんという雰囲気で接していただけだ。

好いた惚れたということはなかったし、十内は恋の対象にしたこともなかった。

だが、あの二人がいなくなってから、心に秋風が吹き、そして淋しい木枯らしが吹いている感覚がある。ここ数ヵ月、日々の暮らしに張りあいがない。

ひょっとして孫助のいったことは、ほんとうかもしれない。

（だとすると、おれは……）

十内はお夕の絵を眺めた。色っぽい絵である。お夕と由梨のどちらかを恋の相手に選ぶなら、お夕であろう。その感情がかすかに芽生えたことがあった。

あれは、お夕がこざかしい悪党に攫われたときだ。十内が救出に行ったとき、お夕は荒縄で縛られて吊《つる》されていた。着物は着ていたが、それはほとんどはだけており、かぎりなく裸に近かった。そのときのお夕のことをときどき思いだす。

なまめかしくて色っぽかったのだ。なにより、お夕の体はきれいであった。

（いかん、おれは何ということを……）

十内はかぶりを振って、邪《よこしま》な想念を断ち切った。

二

「引っ越しを……」

朝餉の茶碗を片づけながら、お景は直吉を見た。

「ここに住むのにもあきたし、おまえと二人で住むには狭すぎる」

「わたしはここでも辛抱できますけど……」

「そんなことはできねえ。おれはおめえにいい思いをさせたいんだ。こんなしみったれた長屋には住まわせられねえ」

「でも、引っ越しにはお金もかかるし……」

「余計な心配はするなって。おれはちゃんと稼いでんだ。それに、親方を替えることにした。おれの腕を見込んで誘ってくれる親方がいるんだ。給金もはずむといっているし、そっちに移る」

「でも、いつ引っ越すんです？」

「今日探してくる。どうせなら一軒家がいいだろう」

お景は目をみはった。一軒家は長屋より、当然家賃が高い。直吉がいくら稼いでいるか知らないが、まだ若い大工だ。おおよその収入の見当はつく。

「無理しなくていいんですよ」

「ひょっ」

直吉は口を蛸《たこ》のようにすぼめて、おどけた顔をした。

「無理なんかするもんか。昨夜の仕事でいまの親方には嫌気がさしたんだ。人をさんざんこき使っていやがるのに、満足のいく給金は払いやしねえ」

「昨夜はどこで仕事していたんです？」

「……ある殿様の別宅だ」

直吉は少し考える顔をしてそう答えると、すぐにつづけた。

「向島《むこうじま》にあるんだが、どうせ妾でも囲うつもりなんだろう。金のある人間はなんでもできるから羨ましいかぎりだ。そうだお景、今日はおめえに何かいいもの買ってきてやろう。欲しいもんはないか？」

「別に欲しいものなんて……」

「遠慮することたァねえ。よし、それじゃおれが選んでくることにしよう。楽しみに待ってな」

それからすぐに直吉は支度にかかった。いつもの職人のなりではなく、棒縞の小袖を着流し、それに綿入れ半纏を羽織った。

お景は直吉を送りだすと、朝餉に使った食器を持って井戸端に行った。同じ長屋のおかみ連中が、なにかと話しかけてくる。

お景は亭主持ちの身の上で、男の家に転がり込んでいる手前、あまり顔見知りにはなりたくなかったが、狭い長屋では避けられない人付き合いである。

「直吉さんも可愛いおかみさんを見つけたもんだよ」

「それで祝言《しゅうげん》はいつ挙げるんだい？」

「あんた田舎はどこだね」

矢継ぎ早にいろんなことを聞かれる。お景は面倒だと思いながら、適当に相づちを打ったり、答えられない質問には曖昧なことをいって誤魔化した。

洗い物が終わると、狭い家のなかの掃除だが、そんなことはあっという間に終わってしまう。

ぼんやり部屋のなかに座っていても何もすることがない。ふと、大多喜屋のことが頭に浮かんでくる。茂兵衛の心配も手に取るようにわかる。

申しわけないと思いつつも、もう引き返せないところまで来ていると、お景は思った。かすかな後悔の念もあるが、こうなった以上は直吉についていくしかない。茂兵衛への不義理を詫びつつ、直吉は無理をしているのではないかと思った。きっといいところを、自分に見せたいのだ。そんな必要などないのに、自分を嬉しがらせようとしている。そんな直吉がいじましくもあり、愛《いと》おしくもある。

ただ、直吉との夜の営みには少し不満があった。直吉は性急にことに及び、自分が果てると、もうそれでおしまいである。

その点、茂兵衛はじっくり愛撫《あいぶ》をして、満足させてくれる。そんなとき、お景はじっと目をつむって、されるがまま身をまかせているのだが、女の愉悦を感じる。

(はしたないことを……)

お景はかぶりを振って、家のなかを見まわした。

障子越しのあわい光に満たされている。調度の品も、身のまわりの品も少ない。

そうだ、引っ越しをするんだったら、もう少し片づけておこうと思い立った。

他にやることがないので、間が持たないのだ。行李《こうり》を開けて、なかに入っている足袋や褌《ふんどし》、腹掛けなどをきれいにたたみ、浴衣《ゆかた》をたたみなおして、しまいなおした。

部屋の隅に置かれている大工道具を行李の横に移そうとしたが、思いの外重い。

腰に力を入れて持ちあげたとき、急に吐き気を催して、膝からくずおれた。そのまま両手をついて、大きく息を吸って吐いた。

一月ほど前からそんなことが何度かあった。そして、うすうす自分で気づいたこともある。直吉のこの家に連れられてきて半月ほどだが、月のものがないのだ。とっくにあるべきはずなのに、やってこない。

（まさか……）

と思う。もし、そうだったら茂兵衛の子を宿していることになる。そのことを思うと暗然となる。生まれてくるのは直吉の子ではないのだ。このことを直吉が知ったらどう思うだろうか……。

お景は気分が収まると、座りなおして、道具箱から落としたものを片付けにかかった。そのとき、はっと我が目を疑いたくなった。道具箱の底に、ぼろ切れで作られた巾着《きんちゃく》があり、その口が開いていたのだ。

そこには金が詰まっていた。お景はその金をすくってみた。一分金や二朱金ばかりである。おそらく五十両はあると思われた。

「……こんなお金を……どうやって……」

お景は呆然《ぼうぜん》とした目を虚空《こくう》に向けた。

三

「ありゃあ、大工でしょう」

そういうのは棒手振の太七だった。十内はその日の朝のうちに太七を見つけて、話を聞いているのだった。

「左官じゃないんだな」

「へえ、いまになってよく考えると、道具箱からして大工にちがいありませんよ」

それなら孫助が大工の棟梁をあたっているので、意外に早くわかるかもしれない。

「大工なら法被《はっぴ》か半纏を着ていたはずだ。すると、棟梁の名か印が入っていたはずだ。それは覚えちゃいないか？」

「それが見てねえんですよ。正直なことといいますと、女がきれいだったんで、そっちばかりに気を取られてましてね。へへっ」

照れくさそうに笑う太七は、頭に巻いていた豆絞りの手拭いを締めなおした。

「最後に見たのはどこで、いつごろだった？」

「一月ほど前でしたか、場所はこのすぐ近くですよ。そこに小さなお稲荷《いなり》さんがあるでしょ。その横あたりで、仲良く話していましてね。それから河岸場《かしば》の石段に肩を並べて座ったんです。なんだか、こっちは見せつけられてるようでいやになっちまって……。まあ見なきゃいいんですが、いい女だから気になってたんです」

十内は太七の示す稲荷社を見た。小さな稲荷だ。それは、花川戸河岸の蔵地にあった。白漆喰《しろしっくい》の蔵と蔵の間だ。その先が荷揚場の雁木《がんぎ》になっており、奥に冬の光を照り返す大川の流れが見えた。

「もう一度聞くが、この女にまちがいないな」

十内はお景の似面絵を見せた。太七は何度見てもこの女にちがいないと断言した。

太七と別れると、浅草寺周辺をまわり、それから孫助に会いに行くことにした。

うまくすれば、もう棟梁のことを割りだしているかもしれない。

しかし、「栄」に行っても孫助の姿はなかった。出なおすことにして、佐久間町《さくまちょう》一丁目にある香文堂《こうぶんどう》という小間物《こまもの》問屋に向かった。この店の主も、大多喜屋のいい客だった。

孫助に会うまでの暇つぶしがてらの、洋之助の助ばたらきだ。香文堂は火除地《ひよけち》に面した表店《おもてだな》だった。目の前は佐久間河岸で、土地のものは河岸通りと呼んでいる。

香文堂のそばまで来たとき、背後から声をかけられた。たしかめるまでもなく、服部洋之助だと知れた。振り返ると、やはり洋之助が自身番の前に立っていた。

手招きするので後戻りすると、どこへ行くんだという。

「香文堂だ。主の喜左衛門《きざえもん》は大多喜屋のいい客だ」

「感心だ。ちゃんと助をしてくれてんだな」

「頼んだのはそっちだ」

無粋な顔をしていうと、洋之助はにたついた顔で、まあ茶でも飲んでいけと、自身番のなかへうながした。

「香文堂はおれが調べた。疑うところは何もない」

十内が上がり框に腰掛けると、洋之助が切りだした。

「昨日は駿河屋も調べたが、こっちも疑いなしだ。それで、おまえさん、他にはどこをあたってくれた？」

「彦根屋だ。だが、彦根屋にも無理だということがわかった」

十内は自身番詰めの店番から茶をもらって、昨日彦根屋で調べたことを話した。

「すると、大多喜屋の贔屓客で残っているのは、ひとりってことか……」

洋之助は例によって十手で肩をたたきながら、しばらく考える目をした。こういったときは、町方の同心らしい顔つきになる。

「残っているというのは、日下部《くさかべ》清五郎《せいごろう》という旗本だな」

「そうだ。相手が旗本だとやりにくくてしょうがねえ。早乙女ちゃん、ついでといっちゃなんだが、その日下部殿にあたってくれねえか。まさか、旗本の殿様が盗みをはたらくとは思えねえが、念のためだ」

十内は逡巡《しゅんじゅん》したが、お景探しを頼んでいる手前、

「まあ、わかった」

と、しかたなく折れた。

「それで、調べのほうはどうなってるんだ？」

「ぼちぼち進めてる」

洋之助はそう答えてから、大多喜屋の番頭と手代、出入りの商人や御用聞きなどもひそかに調べているといった。町方の同心らしく、ちゃんと抜け目なくやるのも洋之助だ。もっとも手先を動員して自分で調べるのは最小限に留《とど》めている。

その代わり、大事な場面になると、すかさず出て行って手柄を独り占めにする。それは、油揚げをかっさらう鳶《とんび》のような素早さである。

「お景のほうはどうなっている？」

「忘れちゃいないさ。手先にはいい聞かせてあるから、そっちも追々わかるだろう。だが、この一件は早く片付けたい。金を盗まれた大多喜屋は大損だが、火をつけられず、死人や怪我人も出ていない。早く捕まえりゃ、金もそれだけ多く取り返せるはずだ」

おそらくその一部を謝礼にもらうつもりなのだ。洋之助の魂胆は読める。

「まあ、大多喜屋も早く賊を捕まえてもらいたいだろうしな」

十内は話を合わせてやる。

「ま、そういうことだから、早速にでも日下部殿の調べを、お願いできるか。こういうことは、早乙女ちゃんでないとできない仕事だ。おまえさんには、いつも感心しているんだ。頼んだよ」

調子のいい洋之助は、親しげに十内の肩をぽんぽんたたく。

結局、都合よく使われているようなもんだが、十内は何もいわずに日下部清五郎の屋敷に足を向けた。孫助に会うのはそのあとでもいいだろうと、自分を納得させる。

四

日下部清五郎は、下谷《したや》稲荷町《いなりちょう》に屋敷を構えていた。

さほど大きな屋敷ではないが、門を入ると、手入れの行き届いた小堀遠州ふうの庭園があった。玄関の出廂《でびさし》も普通のものより長くて広い。庭に面した檜《ひのき》廊下が、冬の日射しを照り返していた。

日下部は無役直参《じきさん》であるが、寄合《よりあい》だから三千石以上の旗本ということになる。

「あちらにいらっしゃるのが、そうでございます」

日下部に取り次いで案内をする中間《ちゅうげん》が、庭の奥を示した。

ひょろりと痩せた六十過ぎの老人が、盆栽の手入れをしていた。十内は枝折戸《しおりど》を入って、日下部に近づいて挨拶をした。

日下部は盆栽の手入れに集中していたが、ひと息ついてから十内を見て、目をみはった。あきれたように目をしばたたきもする。

「いったい何用だ。それにしてもそのなりは……」

十内はいつものように鮫小紋の着流しに深紅の帯、縹色の羽織である。

「はは、気にしないでください」

「早乙女十内というそうだな」

「さようです。町方の手伝いをしているしがない浪人です」

相手が旗本なので、十内は相応の挨拶をする。

「つまり、町方の手先というわけか。それで用は？」

日下部は枝振りのよい松の剪定《せんてい》をはじめた。

「殿様は、馬道にあります大多喜屋という道具屋に出入りされていますね」

している。あの店にはいい掘り出し物があるからな」

「じつは店に賊が入りまして、五百余両が盗まれるということがありました」

「なに……」

日下部は作業の手を止めて、十内を振り返った。

「賊が入ったのは一昨日の夜半です。手掛かりも何もありません」

「主の茂兵衛や店のものは……」

「怪我はありませんでした。言葉はよくありませんが、賊はきれいな盗みをして逃げています」

「感心できぬな。ま、そこへ。座って話そう」

うながされた十内は、日下部と並んで縁側に腰掛けた。

「それで、殿様に何か心あたりがないかと思い伺った次第です」

「わしに……まさか、そんなことに心あたりなどあろうはずがない」

「憚《はばか》りながらお訊ねいたしますが、一昨夜はどこで何をしておいででしたでしょうか？」

日下部は目を厳しくして、十内をにらむように見てきた。年のわりには矍鑠《かくしゃく》とした白皙《はくせき》の老人だ。

「殿様を疑っているのではありません、ただお訊ねしているだけです」

「同じことだ。一昨夜はこの屋敷にいた。倅《せがれ》夫婦が孫を連れて遊びに来たので、いつもより遅くまで盃《さかずき》を傾けておった。調べればわかることだ」

そこへさっきの中間が茶を持ってきて、

「一昨日の夜は、ずいぶんとお殿様は楽しそうでございました。さ、どうぞ」

といって、茶を勧めた。

もうそこまで聞けば、日下部に疑いはないといっていい。重箱の隅をつつくような調べをしても、おそらく何も出てはこないだろう。十内は無駄足だったかと、内心でため息をついて茶に口をつけた。

「ま、そういうことだ。それにしても、けしからぬことだ。だが、主夫婦も使用人も無事であったというのは何よりだ。あの若い女房殿がいるから、茂兵衛もすぐに立ちなおるであろう」

「お景殿をご存じで……」

「ああ、嫁に来たときから知っておる。この男若い女を娶《めと》ってうまいことをやりおった、羨ましく思ったものだ」

どうやらお景がいなくなったことを知らないようだ。さらに、日下部は言葉をついだ。

「そういえば、お景殿を見かけたばかりだ」

その何気ない一言で、湯呑みのなかの茶柱を見つめていた十内は顔をあげた。

「いつのことです？」

「三日ほど前だったかな。上野広小路を歩いておった。若い男といっしょだったの
で、他人の空似だったかもしれぬが、お景殿だったような気がするのだ」

「上野広小路……」

若い男といっしょだったというから、おそらくお景にまちがいないだろう。

「若い男は職人ふうではありませんでしたか」

「うむ、そんななりだった。楽しそうに歩いていたよ」

やはりそうだと思った。お景はこの近所にいるのかもしれない。

「お景殿がどうかしたか？」

「いえ、なんでもありません」

「しかし、そなたのようなものが浪人ではもったいない。若いし、逞《たくま》しい体をしているし、機転も利きそうな目を持っている。そのなりは、ちょっといただけぬが……」

日下部は十内の派手な身なりが気に入らないようだ。

「わしの知り合いにも早乙女というのがいる。まさか親戚ではあるまいな。早乙女主膳《しゅぜん》という男でな。表右筆組頭《おもてゆうひっくみがしら》を務めている」

父のことである。十内はうつむいた。

「あの男にも倅がいたはずだ。たしか長兄は、伊織《いおり》といったか……小十人組にいるはずだが、そうだ、その下にもうひとりいたが、とんと噂を聞かぬな」

「殿様は、その早乙女様をよくご存じなので……」

「ああ、主膳とはよく酒を酌み交わした仲だ。俠気のある人物だ。わしが寄合になってからは疎遠になったが……」

日下部は懐かしむような顔をして茶に口をつけた。これが引き際だと思った十内は、すっくと立ちあがると、

「突然、お邪魔をして申しわけありませんでした。わたしはこれにて失礼いたしま

す」

と、頭を下げた。

「賊を逃がすでないぞ」

十内は「はい」と、殊勝に返事をして、日下部家を出た。それにしても、日下部が父親のことを知っていたのには驚いた。その話が出たとき、十内は冷や汗をかく思いだった。

それはともかく、日下部はお景を上野広小路で見ている。それも、三日前のことだ。

（少し見廻ってみるか……）

そう思った十内は、上野広小路に足を向けた。

五

お夕は古河《こが》宿に入っていた。

江戸まで残り二日の道程である。

江戸が近づくにつれ、急《せ》くような気持ちになっていた。

（もうすぐ早乙女さんに会える。早乙女さんの許に帰ることができる）

いつしか、お夕はそんな気持ちを強くしていた。

「雪が降ってきた」

障子の向こうから白滝の勇三郎が声をかけてきた。お夕は窓を開けて外を見た。

ちらちらと粉雪が舞っていた。

「いい湯だ。浸《つ》かってきたらどうだ」

また、勇三郎が声をかけてくる。

「はい、そうします」

声を返すと、冷えてきたから暖まったほうが体のためだといって、勇三郎が自分の客間に引き取るのがわかった。お夕と勇三郎は宿場のなかほどにある、曲《かね》の手《て》と呼ばれるあたりの旅籠に泊まっていた。

お夕は足袋を脱ぎ、道中着の羽織をたたんでから、風呂に行った。風呂場の格子《こうし》戸《ど》から冷たい風が吹き込んできて、湯気が入れ替わるように外に流れていった。

その日もずいぶん歩いた。勇三郎が、健脚だな、と驚くほどだった。しかし、体は疲れていたし、足はむくんでいた。ひと晩寝れば、その疲れもむくみも取れるのはわかっている。まだお夕は若い。

湯から上がって客間に戻ると、勇三郎が自分の客間に来ないかという。湯豆腐を注文し、酒をつけてもらったらしい。いっしょに飲もうというのだ。

勇三郎に邪な気持ちがないことを知っているお夕は、その誘いに応じて客間を訪ねた。

「今日はしんどい旅だった。朝から歩きづめだったからな。さあ」

勇三郎が酌をしてくれた。鍋から湯気が立ち昇っている部屋には、小さな丸火鉢もあって、ほどよい暖かさになっていた。

「この宿場は渡良瀬川《わたらせがわ》から冷たい風が這《は》い上ってくるし、上州の山々からの吹き下ろしもある。冬場はきつい場所だ」

勇三郎は勝手にそんなことを話す。お夕は湯豆腐を小椀にすくって勇三郎にわたしてやった。

「明日はどこまで行く？　おれはお夕さんに合わせる」

「できれば越ヶ谷《こしがや》まで行きたいと考えています」

「越ヶ谷か……そこで一泊すれば、もう明くる日は江戸だな」

「勇三郎さんはどうするんです？」

「おれも江戸に行こうと思ったが、あんたを千住《せんじゅ》まで送ったら、あとは風の吹くまま気の向くままだ」

勇三郎は白い歯をこぼして笑う。

足を洗って職人になるといっていたが、お夕はそのことはどうなったのだと思った。ひょっとすると、移り気な男なのかもしれない。だが、お夕は内心の思いとは別のことを口にした。

「勇三郎さんに会えてよかったです。やっぱり、女のひとり旅は心細かったので……」

「おれのことを警戒していたくせに……」

「最初はわからなかったから」

きゅっと、お夕は酒を飲みほした。風呂に入ったことと、酒を飲んだことで、なんだか体の疲れが癒やされていた。

「飲みっぷりがいいな。まあ、初めて会ったんだから用心するのは無理もない。そういうおれも、あんたに会って助かった。怪我の手当てもしてもらったしな。おかげで大分楽になった」

勇三郎は腕をぐるぐるまわして、痛めた肩に手をあてた。それから、聞きもしないのに、勇三郎は自分のことをひとり語りのように話した。

生まれは房州《ぼうしゅう》の田舎で、親は百姓をしながら農閑期には大工仕事をしていた。貧乏がいやで家を出たのは十五のときだった。

それから江戸に出て、町の与太者《よたもの》と連れだって歩くようになったが、度胸のよさと腕っ節を見込まれて、本所の博徒一家に世話になった。それから博奕を覚えたが、なかなか勝つことがない。結局は用心棒まがいの仕事を請け負い、一家を離れてからは関八州《かんはっしゅう》を渡り歩いていた。

「とにかく貧乏がいやでな。まともな家に生まれたやつらが羨ましかった」

勇三郎は照れたような笑みを浮かべて、酒を飲んだ。

「わたしの家も貧乏でした」

お夕はそう応じて酒に口をつけた。身の上話などしたくなかったが、つい勇三郎の話に乗ってしまった。

「江戸に行けば、きっと幸せになれると思ったんです。それで、お友達を誘って江戸に出たんですけど……」

「どうだった」

興味のある顔をして勇三郎が見てくる。

「楽しかったです。江戸には田舎にはないものがたくさんあるし、みんなきれいだし……暮らしにも困ることはありませんでした」

「ふむ」

「でも、悪い人もたくさんいます。いい人もいるけど……」

「そのいい人が早乙女十内という男か、なるほどね。悪い人といったが、誰かに何か悪さをされたってことかい」

お夕の脳裏に思いだしたくない記憶が甦った。攫われて犯されそうになった、あの記憶である。でも、そのことは口にしなかった。できることではなかった。早く忘れたいのだ。あの危機を救ってくれたのも早乙女十内だった。

「いいえ、わたしは何も。ただ、悪人がいることは知っています」

「江戸にゃ、いろんな人間がいるからな」

それから他愛《たわい》のない話になったが、お夕はほろ酔い気分になった。勇三郎は今夜はいつになく酒がうまいといって、五合ほど飲んだ。

お夕は千鳥足で自分の客間に戻ると、倒れるように布団にもぐり込んだ。このまぐっすり寝れば、明日は元気になっているだろうと思った。

目をつむると、すぐに深い眠りに落ちた。しかし、それも束の間だった。隣で何か動いている気配があったのだ。それに自分の乳房がやわらかく触られている。うなじに男の匂い。

はっと目を開けた。暗闇だったが、すぐに勇三郎だと気づいた。

お夕は夜具の下に手をのばすと、その手を素早く動かした。忍ばせていた懐剣を、勇三郎の首筋にあてたのだ。

勇三郎の体が固まった。お夕は闇に慣れた目で、勇三郎をにらんだ。

「甘く見ないで。わたしは夜這いをかけられるような女じゃないわ。気の迷いだったら許してあげるから、このまま出て行って」

キッとした顔でいうと、勇三郎はゆっくりうなずいた。それから半身を起こし、寝間着の襟をかき合わせた。
「すまなかった。許してくれ」
お夕は息を詰めたまま、勇三郎が客間を出て行ったあとも目を開けていた。
それからしばらくして、大きな吐息《といき》をついた。闇のなかに「早乙女さん」という
つぶやきを漏らした。
（この体は誰にもあげない。あげるのはただひとり……）
心中で、いい聞かせるようにいって、お夕は目を閉じた。

六

お景は盛りのついた猫の、雄叫《おたけ》びのような鳴き声で、目を開けた。もう夜が明けようとしている。つい先ほど鳥たちのさえずりが聞こえるようになった。

おそらく七つ半（午前五時）ごろだろうと見当をつけるお景は、眠れない夜を過ごし、ずっと起きていたのだった。

昨夜、直吉は夜遅く、酒に酔ってへべれけになって帰ってきた。その直吉は、鼾《いびき》

をかきながら隣で寝ていた。

直吉に聞きたいことや話さなければならないことがあった。しかし、酔っていてはそれもできなかった。結局、寝つけずに悶々《もんもん》と悩み、考えるしかなかった。

聞きたいのは、道具箱に入っていた大金のことである。直吉のものなのかどうなのかわからない。まさか預かった金ではないだろうか、自分のものだとは思うが、そんな大金をどうやって稼いだのか知りたかった。

でも、それは聞いてはいけないことかもしれない、と思いもする。ただ、悪い金であってほしくないだけだ。

そして、もうひとつ、自分のことを話さなければならない。黙っていてもいずれ知られることである。だけれど、それを切りだすのが怖かった。

もし、自分が身ごもっていることを知ったら、直吉はどう思うだろうか？　それも、茂兵衛の子を身ごもっているのである。

帰れ、と突き放されるかもしれない。そしたら、自分はすごすごと茂兵衛の許に帰るのだろうか。帰ってもいいのだろうか。茂兵衛は許してくれるだろうか。

一番まるく収まるのは、

「仕方ねえな。だったら産むしかねえだろう。おれたち二人の赤ん坊だと思って育てりゃいいじゃねえか」

と、直吉が受け入れてくれることである。

しかし、それは自分の甘い考えだとわかる。直吉は、亭主のいる自分を連れ去って、同じ屋根の下に住まわせたのだ。いってみれば、女房を盗んだ男である。そして、自分は亭主を捨てた悪い女房である。

そんなこんなを考えるお景は、自分の身の振り方がわからずに途方に暮れていた。

後悔するのは、直吉の誘いをあっさり受けた自分である。あのとき、断っておけば、こんなふうに悩むことはなかったのだ。しかし、それができなかった。なぜなら、小さいころから憧れていた男が、じつは自分に惚れていたと知ったからだった。

お景も、直吉といっしょになることを、心の隅で夢見ていた。だから、茂兵衛と夫婦になったのは、ただ回り道をしたのだと、自分にいいわけをしていた。

しかし、現実はそんな子供じみた考えでは通用しない。

（ああ、どうすればいいの……）

お景は頭を動かして、断続的な鼾をかきながら熟睡している直吉の横顔を見つめた。

腰手拭いで厠に行った勇三郎は、帰りがけに井戸端に行って、じゃぶじゃぶと顔を洗った。頭の芯にずきずきと重いものがある。

昨夜はいい気になって飲み過ぎてしまったという軽い後悔を抱きながら、冷たい朝の空気を思い切り胸に吸い込んだ。

旅籠の屋根にも庭にもうっすらと雪が積もっていたが、もう降ってはいなかった。

南天の実をついばみに来た鵯《ひよどり》が、ひと声鳴いて飛び去っていった。

空には雲はあるが、昨日ほどではない。浮いている雲は、うっすらと朝日に染まっていた。

客間に戻り、一度お夕の客間を見た。静かだ。昨夜、夜這いをかけたが、お夕の気丈な一面を見せつけられ、すごすご引っ込んでしまった。

顔を合わせるのに、ばつの悪さがあるが、なあに酒のせいでちょいと魔が差したんだ、勘弁してくれといって、すませばいい。

お夕もわかってくれるだろうと勝手に思い込み、出立《しゅったつ》の支度にかかった。それにしても、頭がすっきりしない。この宿の酒はよほどものが悪いんだろうと、胸の内で悪態をつく。安い酒を飲ませやがってと。

支度を終えた勇三郎は、階下の座敷に行った。泊まり客はみんな、そこで朝餉を取ることになっていた。四、五組の客が膳部の前に座っていた。

食事を終えたものもいれば、味噌汁をすすっているものもいた。それぞれに勝手な話をしている。

「悪いが、連れの女を呼んできてくれねえか。まだ寝てるようだったら、起こしてくれ」

飯をよそいに来た女中にいうと、首をかしげて、

「二階の奥のお客様ですよね」

と、いう。

「そうだ」

「あの人でしたら、とっくに出立されましたよ」

味噌汁を飲んでいた勇三郎は、なにッと顔をあげた。

「もう半刻はたちます」

「なんだと……」

勇三郎は宙の一点を凝視《ぎょうし》した。昨夜の夜這いがいけなかったのだとわかっているが、なぜか腹が立った。なんだかコケにされた気分にもなった。

(くそ、あのアマ……)

胸中で吐き捨てた勇三郎は、目をぎらつかせた。

ちょいと甘い顔をしていたばかりに、逃げられてしまった。うまく口説き落として、お夕が江戸に入る前にひと晩だけでいいから、自分の女にしたいと思っていた。なんだか、懐に入れていた小鳥に、するりと逃げられたような気分になった。

「お客さん……」

女中が飯を盛った碗を差しだしていた。

だが、勇三郎は目もくれずに箸《はし》を置いて立ちあがった。

このまま放っちゃおかねえ、必ずつかまえて手込めにしてやる。勇三郎は、それまで隠していた本性を剥きだしにして、お夕を追うことにした。

あいつァ、めったに会えないいい女だ。どれほどいい体をしているか、それとなくわかるし、昨夜はもう少しだったのだ。

客間に戻り、荷物をひっつかむとそのまま玄関へ行って草鞋を履いた。番頭がお代をお願いしますと請求に来た。

「ああいくらだ」

「お先に立たれました方のと合わせまして、一分と二百文でございます。昨夜の酒代も入っております」

番頭はやわらかな愛想笑いをしていうが、勇三郎はますます腹立たしくなり、お夕のことがさらに憎らしくなった。

(あの女、宿賃までおれに……)

「おう、取っておけ」

勇三郎は金をばらまくように払うと、そのまま往還に飛びだした。

七

服部洋之助は、その朝、小網町の自身番で茶を飲んでいた。そばにはぎょろ目の小者・乙吉がついている。

「うぉっほん、うぉっほん。ヘッヘッ、へーくしょん……」

洋之助は咳《せき》をしたりくしゃみをしたりと忙しい。

「朝晩の冷え込みが厳しくなりましたから、お風邪を召されましたか」

自身番で親方と呼ばれる書役《かきやく》が話しかけてくる。

「ああ、昨夜はとくに寒かったからな。気をつけなきゃならねえ」

そう応じる洋之助は、腰高障子の向こうを眺める。河岸通りの向こうには蔵地が並んでおり、人足や大八車を押す男たちが荷揚げ作業にいそしんでいた。冬の光はまぶしく、時間がたつごとに寒気がゆるんでいる。

背中に大きな風呂敷包みを背負った行商人や、洒落た長羽織を着込んだ町娘や、家来を連れた侍が行き交っていた。

「遅いですね」

乙吉が表を気にしていう。

洋之助はがに股の弁蔵と、松五郎を待っているのだった。探索の結果を聞かなければならない。

「そろそろ来るだろう」

洋之助は茶をもう一杯所望《しょもう》した。

町奉行所の同心たちの見廻りは、各町にある自身番を廻ることだといっても過言ではない。町内でなにか問題があれば、その多くが自身番に持ち込まれてくるからだ。

また、自身番は同心たちの休息所や打ち合わせの場所としても使われるし、ときには取り調べの場にもなる。そのために、罪人を留め置く簡易な設備を備えていた。

昨夜、洋之助は乙吉の調べの結果報告を受けていた。

乙吉は大多喜屋の番頭・仙蔵と、手代の久作を調べていたのだが、二人に不審な点も疑わしいこともなかった。また、大多喜屋茂兵衛が贔屓の客だといった四人の男にも疑義はなかった。

旗本の日下部清五郎のことは、十内に調べさせたが、その日下部にも疑わしき点はないという知らせを受けている。

残るは松五郎と弁蔵の調べである。なにか手掛かりや引っかかりがあれば、一挙に事件解決に向かうのだろうが、

「ものごとは簡単に運ばないのが世の常だ」

と、独り言をいって、洋之助は茶に口をつける。

松五郎と弁蔵がやってきたのは、それから間もなくしてからだった。

「遅かったじゃねえか。こんなときに人を待たせるんじゃねえ」

洋之助は苦言を呈してから、まずは弁蔵の話を聞いた。

「茂兵衛の親戚筋や付き合いのある人間を、片端からあたってみましたが、あやしいようなやつァはいませんでした。しらみつぶしにやったんで、もうあたる人間はいません」

洋之助は興味をなくして、おまえはどうだった、と松五郎に顔を向けた。

「ちょいと気になる男がいやす。二年前、大多喜屋は台所と寝間を普請してたんです。ちょうど、お景という女房が来る前のことです。そのとき、万八《まんぱち》という普請をした大工がいるんですが、こいつがちょいちょい大多喜屋を訪ねてたんです」

「ほう、つづけろ」

洋之助は目を光らせて、松五郎の話に耳を傾ける。

「その万八は、店の道具を買うわけでもなく、茶飲み話をして帰るだけだってんです。ところが、三月ほど前からぱたりと姿を見せなくなってます」

「大工か……」

洋之助は腕を組んで宙の一点を凝視する。その大工が台所と寝間の普請をしているなら、店の造りにも詳しいだろう。

「そいつァ、大多喜屋に賊が入る三月前から店に姿を見せていないってことか……」

洋之助は目を光らせた。

「万八はどこの大工だ?」

「聖天町《しょうてんちょう》にいる長三郎《ちょうざぶろう》という棟梁の下で、仕事してるのがわかったんですが、二月ほど前にやめちまったそうで……」

洋之助は眉宇をひそめた。

「あやしいじゃねえか。そいつの家は?」

「さっき、下っ引きが調べてきてくれたばかりです」

「よし、その万八をあたろう」

洋之助はそういうなり、差料《さしりょう》をつかんで、すっくと立ちあがった。

十内はその朝、寝坊した。起きたときにはすっかり日が高くなっていた。連日、お景探しと洋之助の手先仕事に追われて歩きまわっているので、疲れがたまっているせいかもしれない。

「いかん、いかん」

独り言をいいながら井戸端で水を使い、空をあおぎ見る。気持ちよいほどに晴れわたった冬の空が広がっていた。

家に戻って出かけるために着替えにかかったが、ふと誰かの視線を感じた。帯を締めながら周囲を見まわして、気のせいだったと気づいたが、お夕の絵が目に留まった。

官能的な面持ちでうつむいている。視線はお夕自身の膝許に向けられているが、なんだか横目で自分を見ている気がする。

「ふッ、このお転婆、いまごろ何をしてんだ」

独りごちて帯をキュッと締めたとき、玄関に訪ないの声があった。

「先生、いらっしゃいますか」

遠慮がちな声は孫助だった。入れと声を返すと、すぐに孫助が土間に入ってきた。朝っぱらだというのに、もう酒の匂いを漂わせている。

「いまおまえに会おうと思って、『栄』に行くところだったんだ。ひょっとして、何かわかったか？」

「へえ、だから朝早くから訪ねてきたんです。お景といた男のことがわかりました」

「ほんとか……」

十内は上がり框まで行って、そこに座った。

「直吉という大工です。それもお景と同郷です。田原町《たわらまち》の玄兵衛《げんべえ》という棟梁の下で仕事をしていたんですが、やめています。やめたのは、大多喜屋に賊が入った明くる日のことです」

「なんだと……」

「あたしゃそれを聞いて、こりゃおかしいと思いましてね。先生の前でおこがましいんですが、直吉はお景と昔からの顔なじみだったはずです。それに、お景と今年の年明けごろから付き合ってるってことは、お景は店のことを……その店の造りをあれこれ直吉に話してんじゃねえかと思うんです」

十内は真剣な顔つきで、孫助のちんまりした目を凝視した。

「……かもしれねえな。ひょっとすると、お景は直吉とつるんで、店の金を盗むために嫁に入ったということも考えられる。だが、店に入った賊は五人。直吉はもともとその賊の仲間だったということかもしれねえ。うむ、こりゃただ事じゃねえな。それで直吉のことはどこまでわかってる？」

「どこまでって……住んでいる長屋がわかったところです」

「どこだ？」

「下谷山崎町一丁目にある金兵衛店《きんべえだな》です。まだ、そこに行って調べちゃいませんが……」

「上出来だ。あとはおれが調べる。孫助、ご苦労だった」

十内は刀をつかむと、そのまま家を出た。

第五章　与太者

一

大工・万八の住まいは、浅草田町一丁目にある富士浅間社《ふじせんげんしゃ》に近い裏長屋だった。

洋之助はもしもの場合を考え、乙吉を長屋の奥に控えさせ、松五郎を表に待たせた。それから万八の家を、がに股の弁蔵を連れて訪ねた。

井戸端で大きな尻を突きだして洗濯をしていた三人のおかみが、何事だという目を向けてくる。

洋之助はそんなおかみたちには目もくれず、弁蔵に声をかけろと、顎をしゃくった。

「ごめんなすって……ごめんなすって……」

弁蔵が声をかけたが、返事はない。洋之助は腰高障子を開けろと、また顎をしゃくった。だが、弁蔵が戸に手をかけてもびくともしない。猿《さる》がかけてあるのだ。

「くそッ」

洋之助は吐き捨てると、井戸端にいるおかみたちに目を向けた。視線を合わせまいと、おかみたちが洗濯に戻る。

「よう、おかみ。この家の万八という大工がどこにいるか知らないか？」

三人のおかみは同時に顔を向けてきた。

洋之助は笑みを浮かべてみせる。

「万八さんなら仕事だと思いますけど、ここ二日ばかり帰ってきていないようです」

真ん中のおかみが、姉さん被りにしていた手拭いを取って答えた。

「仕事先はわかるかい？」

おかみは、さあ、と首をひねる。洋之助は井戸端に歩いてゆき、おかみのそばに立った。それから大多喜屋に賊が入った夜、万八が家にいたかどうかを訊ねた。

「どうだったかしら……」

おかみは他の二人のおかみと顔を見合わせた。

「その夜は顔を見なかった気がするけど……」

「そうそう、明くる日の昼ごろ帰ってきたのよ。わたしは覚えているわ」

痩せたおかみに、まるまると肥えたおかみが応じた。

洋之助は肥えたおかみを見て、問いを重ねた。

「昼ごろ帰ってきた。すると、前の晩はいなかったんだな」

「家のあかりがついていなかったんで、留守にしていたようです。明くる日に帰ってきて、ここで顔を洗いながら、いやあ、疲れた疲れたと、わたしに愚痴をこぼしたのを覚えてます。万八さんがどうかしたんですか？」

「ちょいと聞きたいことがあるだけだ」

「家を空けることはめったにないのにねえ」

と、痩せたおかみが言葉を添えた。

洋之助はあやしいと思った。万八は賊の関係者かもしれない。

「万八を使っている棟梁は、長三郎というんだな」

「そうです。聖天町で長三郎さんといえば、誰に聞いてもわかります」

洋之助はもう用はないとばかりに、長屋を出ようとしたが、念のために万八の家を強引にこじ開けてたしかめることにした。

弁蔵が馬鹿力を出して、猿を外して戸を開けた。家のなかはがらんとしていた。柳行李に丸火鉢、部屋の隅に布団がぞんざいに積んであった。

道具箱が上がり框に置かれていた。それを見て、洋之助は仕事には出ていないのか、とつぶやいた。

「旦那、道具箱を二つ持っている職人はめずらしくありません」

弁蔵がいう。

「そうか。とにかく長三郎の家に行こう」

長三郎の家は黒板塀をめぐらせた立派な一軒家だった。羽振りのいい棟梁のようだ。

その本人は普請場に出て留守をしていたが、長三郎の女房が応対に出てきた。

「万八さんのことですか……」

女房は顔を曇らせた。

「聞きたいことがあるんだ。普請場はどこだ？」

「行っても万八さんはいませんよ」

「なに」

「一昨日、うちの亭主に、大工仕事をやめるって挨拶に来たんです。腕のいい大工だから、引き止めたんですが、万八さんは何か商売をはじめたいといって聞かないんです。無理に止めるわけにもいかないんで、店が決まったら知らせるようにって送りだしたんです」

「どこで、なんの商売をやるってんだ？」

「それが、はっきりいわないで、決まったらちゃんと挨拶に来ると……」

洋之助は最近の万八の様子を聞いたが、いつもと変わらなかった、と女房はいう。

「突然ですから、わたしたちもいったいどういう風の吹きまわしなんだろうって、首をかしげてるんです。でも、どんなことを万八さんに……」

「ちょいと調べごとがあってな。万八が知っているかもしれないんだ。それで、万八は商売をやる元手をためていたってことになるが、それはどうだ？」

「それが不思議なんですよ。あの人は飲む・打つ・買うと、三拍子揃った大工です。うちの棟梁から前借りをすることはしょっちゅうでしたから、博奕で一山あてたんじゃないかって、話してんですけどねェ」

「ふむ。それで万八はどこをうろついてんだろう」

それはわからないと、女房はいうだけだった。

「旦那、おかしいじゃありませんか」

長三郎の家を出てから、弁蔵がいう。

「うむ、たしかにおかしい。万八は大多喜屋に賊が入るまでは、いつもどおり仕事をしていた。しかし、大多喜屋が襲われた晩には家にいなかった。帰ってきたのは明くる日の昼。そして、商売をはじめたいといって大工をやめた」

「ところが、元手の金をためていた様子はない。あの女房は博奕であてたと思っているようですが、そんなことはめったにあるもんじゃないでしょう」

「おめえも、だんだんわかってきたじゃねえか」

洋之助は弁蔵を褒めてから、言葉をついだ。

「よし、万八を探すんだ。だが、やつは家に戻ってくるはずだ。弁蔵と乙吉は、万八の家を見張れ」

「旦那たちは……」

「おれと松五郎は万八と付き合いのあるやつをあたっていく。万八を捕まえたら逃がすな。近くの番屋に押し込めておくんだ。連絡は……」

洋之助は少し考えてから、言葉を足した。

「浅草黒船町の番屋でいい」

二

そのころ、十内は大工・直吉の長屋を訪ねていたのだが、直吉が家を越したばかりだと知った。それも昨日のことだという。

「急なことでしてね。家賃ためていた人が、こりゃまた急に羽振りがよくなったもんだと、うちの亭主と話してたんです」

話すのは直吉の隣の家に住む畳職人の女房だった。

「それで引っ越し先は聞いていないか？」

「さあ、どこに越したのか……。でも、遠くじゃないといってましたから、この近所じゃないのかしら」

「お景という女もいっしょだな」

「そうですよ。ずいぶん、仲のよい二人で。直吉さんもいい娘さんを見つけましたよ。なんでも田舎が同じだって話です」

十内は女房に礼をいって長屋を出た。つぎに行くのは、長屋の大家の家である。

金兵衛という大家は同じ、下谷山崎町一丁目に住んでいた。大家は出人別帳と入人別帳をつけているので、店子の出入りはすぐにわかるはずだ。もっとも几帳面《きちょうめん》な大家にかぎられはするが、そうであることを十内は期待した。

しかし、その期待はあっさり裏切られた。

「新しく入る店子のことはいろいろ気になりますから、こうやってこまめにつけてはいるんですが……」

金兵衛は入人別帳を開いて見せた。

「出人別帳はつけていないってことか」

「出て行くのは店子の勝手ですから、どこへ移ろうが気にはしませんよ」

「だけど、引っ越し先ぐらい聞いてるんじゃないのか」

十内は上の前歯が一本欠けている金兵衛の顔をじっと見る。

「聞いてないんですよ。こういうことなら聞いておけばよかったですね」

金兵衛は、ずるっと、音をさせて茶を飲んだ。

あてが外れはしたが、十内は落胆していなかった。直吉は田原町の玄兵衛という棟梁に使われていることがわかっている。

棟梁なら直吉の引っ越し先を知っているはずだ。知らなくても大工仲間の誰かが聞いている可能性はある。

早速、玄兵衛宅を訪ねたが、留守を預かっている女中に、中之郷竹町《なかのごうたけちょう》の普請場を教えられただけだった。上野から本所へと移動する恰好だが、十内は陽気のよさに疲れは感じなかった。

吾妻橋《あづまばし》をわたりながら、きらめく大川の流れに目を細めた。材木船と高瀬舟が勢いよく下っていた。川端にはすすきが繁茂しており、川風にゆっくり揺れていた。

棟梁の玄兵衛が手がけている普請場は、霊光寺《れいこうじ》のすぐそばにあった。竹町河岸にある船宿の主の家らしい。

現場で指揮をとる棟梁の玄兵衛に会うと、如実にいやな顔をした。

「直吉のことですかい。それでお侍はやつのなんです？」

玄兵衛を一言でいい表すなら、蝦蟇《がま》であった。そんな顔つきだし、色も褐色というよりはどす黒かった。

「おれは御番所の手先仕事をしているものだ。その顔からすると、直吉はここにはいないようだな」

「あいつはやめました。もう半月ほどになりますか……。さんざん目をかけてやったってェのに、給金が安いのなんのと文句たれやがんです。だったらてめえの腕を磨けといってやると、腕なら他の大工には負けねえと、思いあがったこといいやがんです。それであっしも頭に来ちまいましてね、やめるならとっととやめろ、二度とおれの前にその面見せるなといって追いだしたんです。もう、思いだしたくもありませんよ」

玄兵衛は啖呵を切るようにまくし立て、首にかけていた手拭いで口のあたりをぬぐった。

「それじゃ、やつが家を越したことも知らないってわけか」

「越したんですか。いやあ、そんなことはもうあっしには関わりがねえことですから」

玄兵衛はよほど直吉に腹を立てているようである。

「誰か直吉に詳しいやつはいないか。仲のよかった大工とか……」

「だったら、彦作《ひこさく》です。おーい、彦、ちょいとこっちに来な」

玄兵衛が声をかけると、鉋がけしていた若い男が小走りにやってきた。

「こっちのお侍さんが、直吉のことを知りたいそうだ。知ってることを話してやりな。御番所の仕事をしている方だ」

彦作はへッとまるくした目をしばたたいて、十内を見た。

「直吉がどこに越したかを知りたいんだが、聞いちゃいないか……」

「越したっていつのことです？」

「昨日だ」

「昨日……。あっしが会ったのは、半月ほど前ですが、そのときはそんなことはいってませんでしたけどね」

「半月前に会ったとき、女はいなかったか？」

「女？　いませんでしたが……いったいどういうことで……」

彦作は聞き返してくる。当然のことだろう。十内はそばに積んである材木に腰をおろして、彦作を隣に座らせた。

「じつは、亭主持ちの女と駆け落ちしているかもしれないんだ」

十内は大多喜屋に入った賊のことは伏せて、そう切りだした。

「直吉がですか……いったいどこの女房なんです？」

彦作は大きな目をぱちくりさせる。

「逃げられた亭主の恥になるから、それは教えられねえ。だが、どうしても探さなきゃならねえ。仕事を半月前にやめたらしいが、何かあいつに変わったことはなかったか？　その、様子がいつもとちがうといったようなことだ」

彦作は腰に下げていた手拭いで、首筋の汗を押さえながら視線を遠くに投げた。

「親方にはいってませんが、ひょっとしたら直吉はやめるんじゃねえかと、うすうす感じてはいたんです」

「そりゃどういうことで……」

「なんだか、大工仕事にあきたような愚痴を何度も聞かされましたし、親方とも性が合わないとか、そんなことをいうようになったんです。それに、職人をやめて商売をはじめようかなどと、風呂敷を広げるんで、金はどうするんだと聞くと、そんなことはおめえの心配することじゃねえと、余裕のあることをいうんです。あんとき、あっしはひょっとすると、と思ったんです」

「どういうことだ？」

「ときどき、あいつは柄の悪い男たちとつるむようになったんです。あっしは関わりたくないんで、見て見ぬふりをしてましたが、いまに何かやらかすんじゃねえかと思うことがありました。一年ほど前からですが、そのころから急に強気になったり、粋がったりするようになりましてね。それで、何度も仲間内で喧嘩になりそうになったんです」

「その柄の悪い男っていうのは……」

「よく知りませんが、ひとりだけ知った顔があります。浅草真砂町《まさごちょう》に兼造《けんぞう》っていうゴロツキがいるんです。直吉はときどき、その兼造とつるんで遊ぶようになったんです。肩で風切って、まるでやくざ気取りで……。ほんとは気の小さい男なのに、兼造がいるから強気になって、大口をたたくようになったんです。仕事をやめたのも多分兼造のせいだと思うんです」

「浅草真砂町の兼造だな」

「はい、あの町で聞けば誰でも知っています。兼造だったら直吉の引っ越し先を知ってるでしょう」

三

浅草真砂町の木戸番で、兼造のことを聞くとすぐに住んでいる長屋がわかった。

「あんな男にいったい何の用です」

木戸番の番太郎は、如実に嫌悪をあらわにした。さらに長屋に入ったところで、出会った女房に聞けば、

「奥の井戸端のすぐ手前がそうです。お侍、あの人の仲間ですか?」

と、女房は怖々とした顔をする。

「仲間じゃない。ちょいと用があるだけだ」

「あんなのたたっ斬ってもらいてえ」

ふいの声は、すぐそばの家の上がり框に座っている年寄りだった。

十内と目があうと、

と、くぐもった声を漏らした。どうやら兼造は蛇蝎《だかつ》のごとく嫌われているようだ。

「あいつァ疫病神《やくびょうがみ》だ」

「いまいるかい？」

十内は年寄りに聞いた。いるはずだと、年寄りは答えた。

十内は教えられた兼造の家の前に立った。腰高障子には、普通、住人の職業と名前が書かれているが、冬の日を受ける障子はまっさらだった。

「ごめんよ。兼造、いるかい？」

声をかけると、屋内で人の気配があった。すぐに誰だと声が返された。

「早乙女と申す。手間は取らせぬから、顔を見せてくれるか」

「早乙女……なんだ、大家の使いだったらごめんだ。一昨日《おととい》来やがれ」

どうやら兼造は家賃をため込んでいるようだ。

「大家の使いじゃない。大工の直吉を知っているな」

「朝っぱらからうるせえ野郎だ」

足音がして、目の前の腰高障子ががらりと開けられた。兼造は浴衣をだらしなく着流していた。家のなかにはもうひとり目つきの悪い男がいた。

「直吉のことで教えてもらいたいことがあるんだ」

十内が静かにいうと、兼造はその派手な身なりを舐めるように見てから、首をぐるりとまわした。年は三十前後だろう。こけた頬に剃刀《かみそり》のような鋭い目をしている。

「直吉の何が知りてえってんだ。おう、面倒だから入りな」

兼造は顎をしゃくってうながした。十内は土間に入ると、上がり框に腰をおろした。

饐《す》えたような酒の匂いが充満していた。部屋の隅で足を投げだし、壁に背中を預けている男は、十内を胡散臭《うさんくさ》い目でにらんでくる。

家のなかは乱雑に散らかっており、夜具は二つ折りにしてあるだけだ。それを座布団代わりにして、兼造は腰をおろしていた。

「直吉が引っ越したのを知っているか？」

「おうおう、二本差しだからって高飛車なこというんじゃねえぜ。あの野郎がどこへ越そうが野郎の勝手だろう。いってえ、やつの何を知りてェってんだ」

兼造がしゃべるたびに、酒の匂いが十内の鼻をつく。

「引っ越し先を知りたいだけだ。黙って教えてくれねえか」

十内は兼造の応対に怒りを覚えるが、必死に自制して訊ねる。

「知らねえな。こっちが知りてェぐれえだ」

兼造は仲間を見て、にやりと皮肉な笑みを浮かべる。その仲間も人をいたぶるような笑みを浮かべた。

「ほんとに知らねえっていうのか？　最近やつに会ったのはいつだ？」

「おい、侍……」

兼造は嚙みつきそうな目で、にらみを利かせて言葉をついだ。

「どこの馬の骨ともわからねえやつに、ダチ公のことをぺらぺらしゃべれねえだろう。あんただって、わけのわからねえやつが突然訪ねて来て、ダチ公のことを教えてくれといわれて、すんなり教えるかい、ええ」

なるほど、たしかに筋はとおっているが、十内は話せば話すほど苛立《いらだ》ちを覚える。

だが、ぐっと我慢である。

「おれは御番所の同心の手伝いをしているものだ。折り入って直吉に聞きたいことがあるだけだ」

兼造の目に少し驚きの色が浮かんだ。そばにいる仲間も少し表情をかたくした。

「……直吉に何を聞こうってんだ」

「おまえには関わりのないことだろう。直吉は、いま女といっしょのはずだ。その女を連れ帰らなきゃならない。ただ、それだけのことだ」

兼造は探るような目を向けてきた。十内の腹の底を見透かそうという目つきだった。

「女、おれは知らねえな。それに、やつが越したってのもいま初めて聞いたことだ」

今度は十内が兼造の腹の内を探る目つきになった。兼造が、知っていながら、はぐらかそうとしているのかどうかわからない。

「ほんとに知らないんだな」

「知らねえもんは知らねえさ」

兼造は爪楊枝《つまようじ》をつまんで、口にくわえ、ついで耳をほじった。

「そうかい。ま、いいだろう。ついでに訊ねるが、おまえら馬道にある大多喜屋って道具屋を知っているか?」

兼造は無表情だったが、もうひとりの男の目に驚きの色が刷《は》かれたのを、十内は見逃さなかった。

(こいつら、ひょっとすると賊のことを知っているのかもしれない。もしくは、こいつらは賊一味か……。もし、そうなら直吉も一枚嚙んでいることになる)

「道具屋なんて用がねえから知らねえな」

少しの間を置いて、兼造は答えたが、十内と目を合わそうとはしなかった。

「そうかい。ま、いいだろう。おい、おまえの名はなんだ」

十内は兼造の仲間を見て聞いた。

「おれは早乙女だ。十内という」

返事をうながすように、十内は名を名乗った。

「……銀次《ぎんじ》だ」

「覚えておこう。また会うかもしれねえからな。邪魔をした」

十内はそのまま兼造の家を出たが、長屋の入り口を見張れる場所を探した。兼造は直吉の引っ越し先を知っているはずだ。知っていなくても、連絡を取り合う可能性が高いと、十内は読んだ。

近くに団子屋があった。そこからなら兼造の長屋の入り口を見張ることができた。

「草団子をもらおうか」

十内は団子屋に入って、長床几に腰かけた。

四

兼造の長屋への出入りは少なかった。荷売りの行商人は素通りするし、魚屋の棒手振などは見向きもしない。どうしてだと、十内は団子を頬ばりながら首をかしげたが、すぐに見当がついた。

おそらく兼造がいるからだろう。さっき会ったばかりだが、なんとも食えない男である。同じ長屋の年寄りが愚痴ったように、相当の嫌われ者なのだろう。

そんな嫌われ者にもちゃんと仲間がいるから不思議だ。そして、お景といっしょにいる直吉もそうである。

それよりも十内が、見張りをしようと思ったのは、大多喜屋と口にしたときの、兼造と銀次の反応だった。兼造は目を合わせようとしなかったし、銀次はあきらかに驚いていた。

それは、何か重要なことを知っている、もしくは二人が賊の関係者だったと考えていいはずだ。もし後者であれば、兼造と銀次は遅かれ早かれ仲間に会うはずだ。十内は自分のことを、町奉行所の手伝いをしていると話している。賊なら、警戒するだろうし、なにか手を打つはずだ。

その勘はあたった。小半刻もせずに、兼造と銀次が表に姿をあらわしたのだ。

十内は自分の派手な身なりを悔やんだ。こういうことになるなら、地味な恰好にすべきだったと。夜間ならまだしも、昼のさなかにはどうしても目立ってしまう。しかし、後悔しても遅い。二人に気づかれないように尾行するしかない。

兼造と銀次は足を急がせていた。それでも、肩で風を切るようにして歩く。前方から歩いてくる誰もが、難を避《よ》けるように道をあけてすれちがう。

浅草真砂町の長屋を出た二人は、高原屋敷の角を左に折れて、新寺町通りに入った。まっすぐ行けば、上野寛永寺《かんえいじ》だ。門前町はあるが、通りの両側はほとんどが寺である。

見通しの利く一本道なので、尾行する十内は苦心した。運のよいことに菊屋橋《きくやばし》をわたったところで、米俵を積んだ大八車が横から出てきたので、その背後に身を隠しながら二人を尾けた。

下谷大工屋敷まで行くと、二人の足が止まった。兼造と銀次は短く言葉を交わすと、すぐに別れた。兼造は宗源寺門前の茶店の床几に座り、銀次は通りを挟んだ下谷大工屋敷の路地に消えた。

屋敷と名がついているが、ちゃんとした町屋である。十内は距離を置いて、西照寺門前にある油屋の軒下に立って、様子を窺った。

銀次はすぐに兼造のもとに戻ってきた。間を置かずひとりの男が、二人のそばへやってきた。

大きな男だ。六尺（約一八〇センチ）はありそうだ。大小を腰に差した浪人の風《ふう》体《てい》である。顔はよく見えないが、男には人を威圧する雰囲気があった。

その大男は兼造とやり取りをしながら、通りの左右に警戒の目を向けた。

（何者だ……）

十内は眉宇をひそめて三人の男たちを窺った。だが、大男はすぐに兼造と銀次から離れ、出てきた路地に消えた。兼造と銀次は茶店を離れると、後戻りしてきた。

（まずい）

十内はもっと身を隠す場所がないか探したが、なにもない。しかたないので油屋の敷居をまたいで店のなかに入ろうとした。ところが、兼造と銀次は最初の角を左に曲がって、北のほうへ向かった。

胸をなで下ろした十内は、二人の後ろ姿を見ると、十分な距離を置いて再び尾けはじめた。兼造も銀次も背後を振り返りはしない。

空にはうろこ雲が浮かび、鳶がのんびりした鳴き声を降らしている。幡随院《ばんずいいん》の長塀が左手につづく。唐破風《からはふ》の屋根で羽繕《はづくろ》いをしていた鳩が、ぱたぱたと音を立てながら飛び去った。

二人は幡随院を過ぎると、すぐ左に曲がり、もう一度左に曲がった。下谷山崎町一丁目である。十内は眉宇をひそめた。直吉が住んでいた町屋だからである。

案の定、二人は直吉が住んでいた金兵衛店に足を踏み入れた。そして、直吉が住んでいた家の前で立ち止まり、隣から出てきた女房に話しかけた。

二人は直吉が引っ越しをしたことを知らなかったのだ。十内の話を聞いて、それをたしかめに来たのだ。

(何のために……)

だんだん十内は読めてきた。見えなかったものが、かすかだが見えるようになった気がする。

兼造と銀次が金兵衛店を離れたのはすぐである。

十内はそのまま尾行することにした。悪党らの横のつながりと、探索能力はときに町奉行所の同心たちをしのぐことがある。十内は二人を尾けていけば、自《おの》ずと直吉に会えると考えた。そして、そこにはお景がいるはずだ。

五

服部洋之助と松五郎は、大工・万八と仲のよかったものたちを虱潰《しらみつぶ》しにあたっていた。親しく付き合っていたのは、同じ棟梁・長三郎の下ではたらく大工たちだったが、半年ほど前から仕事を休みがちになり、付き合いが悪くなっていた。

その大工仲間のひとりが、他の棟梁の下ではたらいている直吉という男を連れていたという。

「気が合うのかどうかわかりませんが、まるでてめえの子分みたいに可愛がっていやした。賭場《とば》で知り合ったようなことをいってましたが……」

「直吉という大工はどこのもんだ？」

答える大工は、さあ、それはと首をかしげたあとで、

「へっつい横町に『ごま屋』って縄暖簾があるんですが、そこで何度かいっしょのところを見たことがあります。万八はそこのおかみと親っさんと親しいんで、ごま屋に行きゃ何かわかるかもしれません」

洋之助はその大工と別れると、へっつい横町に足を向けた。〝へっつい横町〟は、浅草田原町二丁目の東側の通りを呼ぶ俗名である。昔からへっつい造りの職人が多く住んでいたことから、その名がついたらしい。ちなみに同町の西方は茶屋町と呼ばれている。

「ごま屋」の戸は閉まっていたが、主夫婦は店の二階に住んでいるとわかったので、声をかけると、夫婦揃って一階の店に下りてきた。

店に使っている一階は十畳ほどの入れ込みがあるだけで、奥に台所があった。洋之助は入れ込みの縁《へり》に腰をおろすと、うぉっほん、と空咳をして用件に入った。

「万八さんのことですか、町方の旦那が見えたんで、何か悪いことでもあったのか

と思いましたよ」

ごま屋の主は胸をなで下ろすようにしていう。髪の毛がほとんどない四十男だ。女房は痩せていて、右目の下に泣《な》き黒子《ぼくろ》があった。

「万八がこの店を懇意にしていると聞いているんだが、直吉という大工とちょくちょく来ていたそうだな」

「へえ、万八さんは古い客ですが、直吉さんもここ半年ばかり通ってくれてます」

「万八を探してるんだが、どこにいるか知らないか？　棟梁の長三郎から離れて大工をやめているんだ」

「えっ、仕事をやめたんですか？」

主は驚いたように女房と顔を見合わせた。

「どうりで、最近こないと思っていたんです」

と、女房はいって、ツケがたまっているというのに、と愚痴をこぼした。

「万八といっしょに来ていた直吉というやつだが、どこの大工だかわかるか？」

「たしか、玄兵衛さんだと聞いたような気がしますが……」

女房が視線を泳がせながら答えた。

「玄兵衛というのは棟梁だな。どこに住んでる」

「この町です」

亭主はそういって、詳しく玄兵衛の家を教えた。万八を探さなければならないが、直吉に会えば、行方がつかめそうである。

そのまま洋之助と松五郎は、大工の棟梁・玄兵衛の家を訪ねたが、

「直吉はもうやめていますが、どこで何をしているか……」

応対に出てきた玄兵衛の女房はそういったあとで、

「今日は何だかおかしいですね。さっきも、早乙女というお侍が直吉のことを聞きに来たらしいんですよ。いえ、うちの女中からそう聞きましてね」

という。

「ああ、そいつのことなら心配ねえ、おれの使っている男だ。それじゃ直吉の家を教えてくれるか」

「それがもう引っ越していないらしいですよ」

「なにィ」

洋之助は眉間《みけん》にしわを彫った。

「いえ、今日訪ねてきた早乙女さんというお侍が、そんなことをいっていたと、うちの女中から聞いてるんですが……」

「その女中はいるかい？」

洋之助は直接話を聞きたいと思った。すぐにその女中は来たが、玄兵衛の女房がいったとおりだった。

「旦那、どうしやす？」

玄兵衛の家を出たあとで、松五郎が顔を向けて聞く。

洋之助は、十内が指図どおりに動いていることに少し感心しながら、腕組みをしてゆっくり歩いた。

「早乙女ちゃんが、直吉を探しているようだから、万八もあいつが見つけてくれるかもしれねえ」

「でも、早乙女の野郎、どうやって直吉に行き着いたんですかね」

「そりゃあ、あれだ……」

洋之助はそういったが、たしかに疑問である。だが、松五郎には答えなければならないので、

「やつも伊達におれの手先をやってるんじゃねえからな。知恵をはたらかせてんだろう。おめえもぼさっとしてねえで、少しは見習え」

と、いってやる。

「旦那、あっしは何もぼさっとなど……」

「つべこべいうんじゃねえ。おし、おれたちは万八の長屋に戻ろう。ひょっとすると、弁蔵と乙吉が万八を押さえているかもしれねえ」

松五郎を遮っていった洋之助は、急に足を速めた。

さっきまで晴れていたのに、西の空から雲が張り出してきた。いかにも寒そうで寂しげな鈍色の雲だった。それに、風も徐々に吹きはじめている。

「天気が崩れそうだな」

洋之助が独りごちれば、

「雪になるかもしれませんぜ」

と、松五郎が応じた。

万八の長屋のそばまで来ると、一方から弁蔵ががに股走りで駆け寄ってきた。遅れて乙吉もやってきた。

「旦那、いいところに見えました。万八がたったいま、長屋に戻ってきたところです」

弁蔵がいうのに、洋之助はなにっと目を光らせて、長屋の木戸口に目を向けた。

「よし、万八を押さえるんだ」

六

直吉の住んでいた金兵衛店を出た兼造と銀次は、浅草阿部川町《あべかわちょう》へ行ったかと思えば、浅草福川町へ足を運び、さらに神田八軒町へ向かった。その先々で会うのは、見るからに兼造と同類の遊び人ふうの与太者だった。

しかし、誰もが兼造にはへえこらと頭を下げていた。兼造もそうだが、銀次も尾ける十内に気づいた素振りはなかった。

神田八軒町をあとにした兼造と銀次は、神田川沿いの河岸道を大川に向かって歩いた。尾行をつづける十内は、あやしくなってきた空を見あげた。雨、あるいは雪が降りそうな雲行きである。風がさっきから強くなっており、しかも空気が冷えてきた。

町を歩くものたちは揃ったように肩をすぼめたり、襟をかき合わせたりしている。

(それにしても、今度はどこへ行くつもりだ)

兼造と銀次を尾ける十内は、内心でぼやく。もっとも、二人が直吉の引っ越し先を探しているというのは何となく推量できた。

二人は左衛門《さえもん》河岸まで来ると左へ曲がった。十内も気づかれないように、距離を取ってあとを追う。二人は浅草福井町三丁目の、とある一軒の長屋のそばで立ち止まった。

そのとき、まわりを気にするように見まわしたので、十内はとっさに茶店の葦簀《よしず》に身を隠さなければならなかった。

そのまま、葦簀の陰から様子を見ていると、銀次が人目を避けるように路地に入って姿を消した。兼造は長屋に消えてゆく。

十内はその場を動けず、葦簀の陰に隠れているしかない。

(どういうことだ……)

胸の内でつぶやきながら、妙な胸騒ぎがした。あたっていなければよいがと、祈りながら様子を窺いつづける。

兼造が表に姿をあらわすのに時間はかからなかった。何だか慌てた様子で、長屋を飛びだしてきたのだ。そのとき、表から長屋に入ろうとした女とぶつかった。

女は小さな悲鳴をあげて、抱え持っていたものを取り落としたが、兼造は目もくれずに御蔵前通り方面へ足早に去っていった。路地に姿を消していた銀次も、あとを追うように兼造を追いかけた。

尾行する十内もあとを追おうとしたが、兼造とぶつかって転んだ女が、姉さん被りにしていた手拭いを取り、落としたものを拾っているのを見て、あっ、と小さな驚きの声を漏らした。

お景だったのだ。

十内は迷った。兼造と銀次を追うべきか、お景に声をかけるべきか。だが、さっきの妙な胸騒ぎが尾行を断念させた。

「ひょっとして、おまえさん、大多喜屋のお景じゃないか」

十内の呼びかけに、お景がギョッとした顔を向けてきた。それから取り繕うように、落としたものを抱え持つと、

「人ちがいです」

と、いって逃げるように長屋の路地に駆け込んでいった。

十内の目に狂いはなかった。何度も似面絵を見ているお景である。お景は路地を入った四軒目の家に、飛び込むように入って、戸口をぴしゃんと閉めた。

長屋は二階建ての造りになっていた。十内はゆっくり路地に足を進めて、お景の入った家の前に立った。腰高障子には何も書かれていない。

おそらく越してきたばかりだからだろう。訪ないの声をかけようとしたときだった。屋内から女の悲鳴が聞こえてきた。

それは一度ではなく二度もした。つづいて、「直吉さん、直吉さん」と、尋常でない呼びかける声があった。

十内はいやな胸騒ぎが的中したと思った。戸に手をかけると「ごめん」と、一言断ってから屋内に飛び込んだ。

二階からお景の泣きそうな声が聞こえてくる。

「おい、いったいどうした？」

かまわずに声をかけると、一瞬、沈黙があった。

「なにがあった？」

もう一度声をかけると、顔色をなくしたお景が二階から顔をのぞかせた。怯えたようにふるえている。

「あやしいものじゃない、邪魔をするぞ」

十内は雪駄を後ろに飛ばすと、かまわずに二階へ駆けるように上がった。お景がうずくまっている男の肩にすがりつくようにして、

「大丈夫、しっかりして」

と、声をかけていた。

見るまでもなく男が刺されたのだとわかった。腹を押さえる手は血まみれで、畳にも血が広がっていた。

「直吉だな」

十内は声をかけて、傷の具合を見た。深い傷である。出血がひどい。

「ど、どうしておれのことを……」

やはり直吉だった。苦悶《くもん》の表情で十内を見てくる。

「おまえを探していたんだ。いや、お景も探していたのだが……」

お景の泣きそうな顔が、一瞬驚きに変わったが、すぐに直吉を心配する顔つきになった。

「兼造にやられたんだな」

「あんた、な、なんで……そんなことを……」

「詳しいことはあとだ。傷の手当てが先だ、横になれ」

十内はそういって直吉を横にさせると、お景に手拭いか晒を持ってくるようにいった。

「越してきたばかりなので、そんなものは……」

動揺しているお景はおろおろするばかりだ。

「だったらきれいな布切れでいい。止血しないと直吉が死んでしまう」

お景は一階に急ぎ下りて、三本の手拭いを持って戻ってきた。十内はそれを使って、応急の止血をしたが、血はあふれつづけている。

「さ、財布を……盗まれた」

直吉が顔をゆがめてつぶやく。唇は色をなくし、顔は紙のように白くなっている。

「財布なんかどうでもいい。医者だ。お景、この近くにいる医者を呼んでくるんだ」

「そんな、わたしには……」

お景はわからないと、泣きべそをかきながら首を振る。越してきたばかりなので、わからないのは当然だろう。

「よし、おれが呼んでくる。直吉を動かすな。動けば傷口が広がるばかりだ」

十内は直吉の家を飛びだすと、医者を呼ぶために駆けた。

七

それは、お夕が杉戸《すぎと》宿の茶店で草鞋を履き替え、ひと息ついて茶を飲んでいるときだった。何気なく表に目をやったとき、足早に歩き去る男がいた。菅笠の陰に隠れた目が異様に光っていたのを、お夕は見逃さなかった。

瞬時、心の臓が早鐘を打つように脈動した。

茶店の前を過ぎ去ったのは勇三郎だった。

お夕は勇三郎から逃げるように古河宿の旅籠を早立ちした。それまで勇三郎のことをいい人だと思っていたが、夜這いをかけられたことで信用できなくなった。

懐剣で脅して難を逃れたが、そのあとであれこれと考えた。勇三郎は昨夜、酔っていた。だから酒のせいで、つい出来心を起こしたのだと、大人ぶった解釈をして、翌朝はそれまでどおりの顔をしていようと思いもした。

しかし、お夕は考えなおした。勇三郎はいつかそのときを狙って、自分に接近してきたのかもしれない。善人ぶって、自分が油断するのを待っていたのだと考えた。

そもそも、よく知りもしない相手と旅をすること自体が、まちがっていたのだ。だからお夕は、勇三郎に何もいわずに旅籠を出立した。

そのとき、夜這いをかけてきた罰だと、意地の悪い考えをおこし、宿賃を払わず勇三郎に押しつけてきた。

お夕はそっと立ちあがると、勇三郎が歩き去った往還を窺い見た。その姿はどこにもなかった。しかし、目をぎらつかせて歩き去った勇三郎の横顔が忘れられない。

（あたしを追ってきたのかもしれない）

そうでなくても、勇三郎とはもう顔を合わせたくなかった。

急に落ち着かなくなったお夕は、どうしようか迷った。いまいる杉戸宿から江戸までは十里二十三町だ。とても日が暮れるまでに着ける距離ではない。

（行けるところまで行ってみようかしら……）

お夕は雪をちらつかせる暗い空を見あげた。おそらくあと二刻（四時間）で日は暮れる。行けるとしたら、予定している越ヶ谷宿までだろう。

（いけない）

お夕は明日は越ヶ谷宿まで行くと話していた。すると、勇三郎は越ヶ谷へ足を急がせていたのかもしれない。いや、きっとそうだ。

お夕は顔をこわばらせて、もう一度往還を眺めた。勇三郎の姿は見えない。大きな荷物を担いだ行商人や旅人、錫杖《しゃくじょう》を持った僧侶、野良着で馬を引く百姓が行き交っているだけだった。

（そうだ。越ヶ谷をやり過ごして、草加まで足をのばそう）

お夕はそう考えた。さらに、越ヶ谷宿の手前から、畑道と山道の迂回路《うかいろ》を取れば見つからないと思った。

それでも心細さは変わらない。こんなときに、早乙女さんがいてくれたらと、胸の前で祈るように手を合わせた。しかし、ない物ねだりでしかない。

お夕は唇を引き結ぶと、表に出た。長い睫毛に雪が憩った。ふっと、息を吐き、菅笠を目深に被ると、しっかり顎紐を結んだ。

(絶対見つかるもんですか)

お夕は勇三郎の歩き去ったあとを追うように、足を踏みだした。

足を止めたのは、杉戸宿と粕壁《かすかべ》宿のなかほどだった。

勇三郎はやってきた往還を振り返り、菅笠を少し持ちあげて、遠くに視線を向けた。女の姿はない。旅の行商人がやってくるだけだ。

そのずっと遠くはちらつく雪と天気のせいで、視界が悪い。おまけに杉林が邪魔になって、その先を見ることはできなかった。

(追い越したのかもしれねえ)

勇三郎は古河宿を出たあと、中田・栗橋《くりはし》・幸手《さって》・杉戸の各宿場を目もくれず、足早に通り過ぎてきた。

ちっと舌打ちした。通り越してきた宿場に目を光らせるべきだったと、いまになって後悔したが、後戻りする気にはならない。お夕が今日のうちに越ヶ谷宿に入るのはわかっている。

しかし、いつまでたってもお夕に追いつけないのが不思議だった。勇三郎は古河宿を出てから、相当の勢いで歩いてきた。何人もの旅人を追い越しもした。それなのに、お夕の足に追いつけない。

(馬子を雇ったか……)

そうだとしても、馬子の歩きは人の足と大して変わらない。駕籠《かご》を使ったとしても、そんなに早くは進めないはずだ。

勇三郎は顎の無精ひげをなでて、顔をしかめた。

(少し待ってみるか……)

日が暮れるまではまだ時間がある。よし、待とうと決めた勇三郎は、少し先にある茅葺《かやぶ》きの茶店まで行って床几に腰をおろした。葦簀掛けのなかには手焙《てあぶ》りがあったので、それにあたって暖を取ることができた。

「婆《ばあ》さん、ひとり旅をしている女が通らなかったか?」

茶を運んできた店の婆に訊ねると、

「さあ、あんまり外は見ていませんからね。通ったかもしれないし、通らなかったかもしれません」

と、何とも頼りない返事をして、奥に下がった。

勇三郎は湯呑みの湯気を吹いて、茶に口をつけた。ちらついていた雪が本降りに変わり、往還脇の土手や畑の畦道《あぜみち》が白くなっていった。

第六章　再会

一

医者の手当てを受けた直吉は、すやすやと寝息を立てていた。

十内の血止めが功を奏していると、医者はいったが、予断は許さなかった。

「傷が肝の臓か胃の腑《ふ》に達しているなら、持たぬかもしれぬ。いずれ様子をみるしかない」

医者はそういって帰っていった。

直吉の枕許にお景がうなだれて座っている。

丸火鉢を入れたので、部屋は少しずつ暖まっているが、表から吹き込んでくる隙間風が冷たい。それにちらついていた雪が、少しずつ強くなってくる気配がある。

十内は医者の手当てが終わって、直吉が少し落ち着いたときに、いくつかの質問をした。刺したのは兼造だった。

「兼造さんがいきなり訪ねてきて、金を貸してくれといったんです。でも、あっしは引っ越しに金がかかったので持っていないというと、いきなり」

刺されたそうだ。

しかし、その話を十内は半分疑っていた。

「直吉、正直に話してくれねえか。兼造はおそらく端からおまえを殺す気で来たんだ。金を貸してくれといったんじゃなく、他のことをいったんじゃないのか」

十内は直吉を見つめたが、直吉は口をつぐんでしまった。

「おまえは万八という大工を知っているな」

直吉の目が、はっと、驚いたように大きくなった。十内は問いを重ねた。

「兼造には銀次という仲間もいる。そして、その二人を顎で使う大男の浪人もいる。それに、万八とおまえを入れると五人だ」

直吉は何をいいたいのだという顔を十内に向けた。

「お景の嫁ぎ先に、五人の賊が入った」

この言葉に直吉は、ぎょっと表情をこわばらせたが、お景は驚きに目をみはった。

かまわずに十内はつづけた。

「さいわい怪我をしたものはいねえが、五百余両の金が盗まれた」

「そ、そんなことが、あったんですか……」

十内はお景にはかまわずに、直吉に話しかけた。

「直吉、賊はおまえたちだったんじゃねえか」

「…………」

「おまえは万八に唆《そそのか》されて、盗人の仲間になった。そうじゃねえか」

「…………」

直吉はいやいやをするように、ゆっくり首を振ったが、何もいわずに目を閉じた。

「直吉、いえ、いうんだ。調べればわかることだ。おまえを使っているのは誰だ？

あの大男の浪人か？　名はなんという。直吉……」

「やめてください」

直吉の両肩をつかんで揺すろうとした十内を、お景が必死に止めた。

それきり、直吉は口を開かず、そのまま深い眠りに落ちていった。

十内とお景は、枕許でその様子を見守りつづけているのだった。

「お景、どうしてこの男と逃げたんだ？」

十内は直吉からお景に顔を移した。

「逃げた……」

お景はぽかんとした顔をした。

それでも美形である。茂兵衛の惚れようがよくわかった。

「そうだ、おまえには大多喜屋茂兵衛という立派な商人の亭主がいるじゃねえか。年は離れているが、夫婦もんだろう」

お景はうなだれた。膝の上で手を強くにぎりしめる。

「まさか、こんなことになるとは思わなかったんです」

蚊の鳴くような声を漏らしたお景は、唇をかみしめた。

「こんなこととは、どういうことだ？」

「……直吉さんに会うとは思いもしなかったんです」

そういってから、お景は半分涙声でとつとつと話した。

直吉とは幼いころからの知り合いで、いつしか恋心を抱くようになったが、直吉が江戸に大工の修業に行ってしまったので、あきらめるしかなかった。

　それからしばらくして、大多喜屋茂兵衛との縁談話があり、両親の勧めに抗することができずにいっしょになった。

「旦那さんはやさしくて、とてもいい人です。わたしは年の差なんか気にしませんでした。旦那さんといれば、何不自由なく暮らせるという安心もありました。家が貧乏だったので、それは夢のような暮らしでした」

「それなのに、なぜ直吉と……」

「まさか会うとは思わなかったんです。でも、ばったり出会って話をするようになりました。最初は月に一度くらいだったんですけど、そのうち月に二、三度会うようになって、だんだんと気持ちが直吉さんに傾いていったんです。旦那さんには申しわけないと思いながらも、会いつづけました。そして、この前会ったとき、直吉さんに手を取られて、ついてこいといわれて……断ればよかったんですけど、できませんでした」

　お景は大粒の涙をぽとっと落とした。それがきっかけになったのか、お景の目から涙があふれ出た。

「大多喜屋に帰るつもりはなかったのか？」

「……迷っていました。直吉さんは無理をして、わたしを喜ばせようとしていましたけど……ほんとうに迷っていたんです。でも、もう後戻りできないような気持ちになって、ここに越してきたんですけど……こんなことに……」

お景は肩をふるわせながら顔をおおった。

十内はお景が落ち着くのを待った。

家のなかは静かだった。直吉は気持ちよさそうに寝ているが、呼吸が弱くなっているようだった。

「わたしは悪い女です。いけないとわかっていながら……。もう、どうしたらいいかわからなくなってもいたんです」

十内は反省の弁を口にするお景を黙って見つめた。

「お景、直吉に大多喜屋のことを話したことはあるか？」

唐突な問いかけだったらしく、お景は泣き濡《ぬ》れた顔をあげた。

「話しました。いろいろ聞かれたので、そのまま……」

「金蔵がどこにあるかも……」

お景は「はい」と、うなずいた。

十内はそれで、すべてのことに得心がいった。

「万八とか、直吉を刺した兼造のことは知っているか？」

お景は首を横に振った。さらに問いを重ねたが、お景は直吉の仲間を誰ひとり知らなかった。

（これならまだ救いがある）

十内は内心で深いため息をついて、窓を開けて表を見た。粉雪が舞っていた。

「お景、おまえは大多喜茂兵衛の許に帰るんだ」

お景が放心したような顔を向けてきた。

「いますぐじゃない。おれに考えがある。いうとおりにしてくれるか……」

お景はよくわからないというように小首をかしげた。

「このままでは、おまえは罪人になってしまう。それだけじゃすまないだろう。おそらく、お上の裁きによってその首を刎《は》ねられるはずだ。だから、そうならないようにする」

お景はすっかり青ざめていた。

二

洋之助は浅草田町の自身番で業《ごう》を煮やしていた。

それもこれも、取り押さえた万八が口を割らないからである。

「てめえ、いつまで黙っていやがる。このおれを甘く見るな」

洋之助は万八の顎を強くつかんで、目をぎらつかせた。

「なにも喋《しゃべ》りたくねえっていうんなら、おれにも考えがある。おう、この金はどこで稼いだ。やましいことしてなきゃ、話せるんじゃねえか」

びしっと、洋之助は万八の頬を張った。これで何度張り飛ばしたかわからない。そのせいで、掌が痛いほどだ。

えらの張った万八は、真っ黒に日焼けしており、大工らしく腕も足も逞しいほど筋肉質だった。それと同じように、分厚い顔をしていた。

洋之助のそばには、金の入った巾着袋が置かれていた。なかには四十六両が入っている。松五郎と乙吉が、万八の家を家探しして見つけたのだった。

「そうかい、まだ話す気にならねえかい。だったら、場所を変えるか……」

洋之助は赤い唇を、指先でなでた。

万八の取り調べに付き合っている松五郎と乙吉と弁蔵は、いい加減疲れた顔をしていた。自身番詰めの書役や店番の顔にも疲れがにじんでいる。

取り調べをつづける洋之助も、いい加減疲れていたが、ここで万八に白状させないと、手柄にはつながらない。

こういったとき、洋之助にはしぶといほどの粘り強さがある。

「おめえは棟梁に前借りはするわ、店賃はため込んでいるわ、飲み屋にもツケをためている。それなのに、妙な羽振りのよさだ。それはおめえが大多喜屋に押し入って金を盗んだからだ。そうに違ェねえ。だがよ、万八、おれも男だ。町方の同心としていろいろやってきた。ちょいと取り引きをしようじゃねえか」

「取り引き……」

万八が興味を持ったような顔を向けた。洋之助はにやりと笑ってみせる。だが、目は笑っていない。

「そうさ、取り引きだ。おれは場合によっちゃ、目こぼしをしてもいいと考えている」

万八はまばたきもせずに見てくる。もっとも洋之助は目こぼしなどこれっぽちも考えてはいない。

「おめえには四人の仲間がいる。そいつらと大多喜屋に押し入って金蔵を破って金を盗んで逃げた。だが、おめえはそこにいなかったってことだ。お奉行は吟味《ぎんみ》の場で、あれこれ聞くだろうが、おめえはそのお白州《しらす》に座らなくていいってことよ。……どうだ、いい話だと思わねえか」

万八の目に救いを求めるような色が浮かんだ。

「何をどうしろってんです」

「おお、やっとその気になったか。おめえの仲間のことを教えてくれねえか。残らず、教えてくれりゃ、この縄をほどいて、そのまま家に帰してやる」

洋之助は万八の手を縛っている縄を十手の先でつついた。

「どうだ。いい話だろう」

万八は迷っているのか、視線を彷徨わせた。

「とっとと喋っちまって、楽になりてェだろう。喋りゃ、おめえはお咎《とが》めなしだ。

大手を振ってお天道様《てんとさま》の下を歩けるんだぜ」

洋之助は躊躇《ためら》っている万八の表情を窺いつづける。

「どうする」

「……し、知らねえ」

一瞬にして色白の洋之助の顔が朱に染まった。

「てめえ、ここまで親切心を出してるってェのに、それでも白を切りやがるか！　おーし、おれの堪忍袋もここまでだ！」

洋之助はひび割れた怒鳴り声を発すると、畳を蹴るように立ちあがった。

「おうおう、万八。てめえの強情も、おれの辛抱もここまでだ！　弁蔵、こいつの腰に縄をつけろ。大番屋に連れて行って、たっぷり話し合いだ」

三

お夕は粕壁宿の近くまで来ていた。

だが、旅人が使う往還を避け、大きく迂回して日光道中の脇を右へ左へと屈折する村道や農道を使ったので、ずいぶん時間がかかってしまった。

周囲の野山はうっすらと雪化粧をしており、雲の向こうにある日は大きく西にまわり込んでいた。

（もう日が暮れる）

薄暗い景色を眺めて、お夕は冷たくなっている両手を、口に持ってきて息を吹きかけた。道ばたに立っている枯れ木の枝に止まっている百舌《もず》が、ぎぃ、と鳴いた。目を光らせて獲物を探しているようだ。

お夕は勇三郎もあの百舌のように、目を光らせて自分を探しているのだと思った。回り道をしたので勇三郎に見つかる心配はなかったが、いつまでも閑散とした村中にいてもどうしようもない。

そこは粕壁宿に入る手前、古利根川《ふるとねがわ》に架かる大橋の手前だった。長さ十六間のその橋をわたらなければ、宿場には入れない。下流に渡船場があると聞いたが、もう薄暗くなっているので渡し舟はないはずだ。

今日のうちに越ヶ谷まで行こうと思っていたが、もうそれは無理である。体を休め空腹を満たす必要があった。勇三郎が橋の向こうで待っていたらどうしようかという心配もあったが、とにかく宿場に入らなければならない。

お夕はゆっくり足を進めた。往還を歩く人の姿はまばらだ。白くなっている野路の向こうに、馬を引く百姓の姿がぼんやり見えた。

雪を被った大橋には人の足跡が無数にあり、欄干には雪が積もりつづけていた。お夕は顔を手拭いでおおい、菅笠を目深に被っていた。

勇三郎が突然目の前にあらわれてきそうで、心の臓がどきどきと脈打った。恐怖に負けまいと唇を真一文字に引き結ぶ。

橋をわたると、すぐに宿場のあかりが目に飛び込んできた。宿往還の両脇に旅籠が並んでいる。しかし、天気のせいか客引きをする留女の姿は少ない。

お夕は通りに注意の目を向けて、近くにある旅籠の暖簾をくぐった。

「これはこれは、いらっしゃいませ。おひとりですか、それともお連れさんがおありですか？」

式台で迎えてくれる番頭が、にこやかな顔で訊ねる。

「ひとりですが、ひとり旅の男の人が来てませんか？」

「はて……」

お夕は勇三郎の年と顔立ちを話した。

「さあ、そんな方は見えていませんが、もしお名前がわかればお調べしますが……」

(この宿にはいないんだわ)

「結構です。泊めていただけますか」

「もちろんです。それじゃ早速ご案内しましょう。お荷物はこっちへ」

お夕は草鞋と雪で濡れた足袋を脱いで、玄関を上がった。小さな宿である。廊下に女中の姿があった。

「これ、お客様だ。案内の部屋へ炭を持ってきてくれるか」

番頭はそう指図をしてから、寒くなりましたねえと、お夕を振り返る。

通された客間は、廊下を一度曲がったすぐ先にあった。殺風景で寒々とした部屋である。立て付けの悪くなっている窓の桟から、隙間風が吹き込んでいた。

「出立はいつでございましょう？」

「明日です」

番頭が振り分け荷物を置きながら訊ねる。

「明日まで雪がやめばよいですね。雪道は難儀いたしますから」

「あのぉ、川が流れていますね」

「古利根川のことでしょうか……」

「舟で江戸へ行くことはできますか？」

番頭は短く目をぱちくりさせた。

「津出しが行われていると思うのですが……」

お夕は舟運《しゅううん》が行われているはずだと機転を利かせていた。もし、行われていれば、舟を使って江戸に入ることができる。そうすれば、自分を探しているだろう勇三郎のことを気にせずにすむ。

「江戸へ行く津出しは、金野井《かなのい》河岸になりますね。この宿場の東のほうに行けば、江戸川が流れています。そこの河岸場で荷揚げや荷出しをやっております」

「そこまでは遠いのでしょうか？」

「まあ一里はないでしょう」

お夕は目を輝かせた。

「しかし、冬場は舟は動きませんよ。渡し舟ならありますが、この時季は川の水が少ないんです。まあ、春になるまでは江戸下りは無理です」

お夕はがっかりした。

「でも、喜蔵《きぞう》河岸ならどうでしょう」

番頭は思いだしたように、目を天井に向けて考える顔つきになった。

「その河岸場はそばですか?」

「ええ、すぐそこです。大橋のすぐ下のほうにあります」

お夕は元気を得た。

「そこから舟は出ているんですね?」

「さあ、どうでしょう。冬場でも舟の往き来はあるようですが、さて、江戸までとなれば、定かではありません。手前ではよくわからないので、あとで聞いてまいりましょう」

「お願いします」

番頭が下がると、お夕は着替えにかかった。女中が火鉢に入れる炭を持ってきて、火を熾してくれたので、しばらくすると客間が暖かくなった。

夕餉の時間までしばらく待ってくれと女中がいうので、お夕は茶を飲みながら、江戸へ思いを馳《は》せた。

（早く早乙女さんに会いたい）

思いはただひとつである。

ひとりぽっちになると、十内の顔や田舎で別れた由梨の顔が、代わりばんこに脳裏に浮かんでは消えた。

それからしばらくして、さっきの番頭がにこやかな顔をしてやってきた。

「どうでした？」

お夕は期待を込めた顔を番頭に向けた。

「舟は八十石積みと四十石積みがあるそうです」

「乗れるのですね」

「それが、このあいにくの天気ですし、川の水嵩《みずかさ》がいつもより低くなっているそうで、舟が出るのは、水が増えてからだそうです」

お夕は気持ちが萎《な》えそうになったが、それでも希望を捨てずに、

「いつまで待てば舟は出ますか？」

と、聞いた。

「ひと月先か二月先か、はたまた半月先かわからないそうで……」

希望の火はあっさり消えてしまった。舟はあきらめるしかない。

勇三郎は越ヶ谷宿の旅籠にいた。その旅籠は元荒川の北側にある大沢町にあった。宿内の旅籠や茶店などはほとんど大沢町に集中している。

勇三郎が泊まっているのは飯盛り旅籠だった。その旅籠の二階から、元荒川に架かる橋を見下ろすことができる。つまり、通行人たちを監視するには絶好の場所だった。

勇三郎は窓障子に穴を開け、酒をちびちびやりながら通行人たちに注意の目を向けていた。

お夕を見失っている恰好だが、焦りはなかった。お夕はこの宿場を通っていないのだ。それは虱潰しに旅籠を聞きまわってわかったことだった。粕壁でもそうすべきだったが、聞き込みを思いついたのは越ヶ谷に入ってからのことだ。

おれもとんまなやつだと、そのときは苦笑するしかなかったが、勇三郎は気づかないうちにお夕を追い越していると確信していた。

つまり、ここでじっくり待っていれば、お夕は必ずやってくるということだ。

それにしても旅人の姿も、行商人の姿もめっきり少なくなった。宿往還にはうっすらと雪が積もっており、いまもしんしんと雪は降りつづけていた。

勇三郎は酒の肴《さかな》にしているするめを囓《かじ》った。くちゃくちゃと口を動かしながら、障子の穴から橋に注意の目を向ける。

そうしていながら、お夕のやわ肌が浮かんでくる。餅のようにやわらかい肌だった。懐剣を突きつけられて思いを遂げることはできなかったが、抱き心地のよさは格別だと確信していた。

惚れている男がいようがいまいが、関係ない。お夕は見るからにいい女だ。江戸に戻す前に、たっぷりお夕の体を楽しみたい。勇三郎の頭には、もうそのことしかない。

（逃がした魚は大きいというが……ふふ、まさにそんな女だ）

勇三郎は勝手に、一糸まとわぬお夕の体を思い浮かべて、うす笑いを浮かべた。

四

宵五つ（午後八時）の鐘が聞こえてきたとき、直吉は息を引き取った。

直吉の口に掌をあてた十内は、お景を見て、ゆっくり首を振った。とたん、お景の両目から大粒の涙がこぼれ、頬をつたった。

　風が窓をたたいている。十内は大きく息を吸って吐いた。お景は直吉の胸に顔を埋《うず》め、すすり泣きをしている。

　十内はお景が落ち着くのを小半刻ばかり待った。お景の身の振り方を考えなければならなかった。十内はどれが最善の方法なのかと考えていた。

「お景、ここの大家に会ったか？」

　最初に聞いたのはそんなことだった。

　お景は意味がわからないという泣き顔を向けてくる。

「どうだ？」

「……会っていません。直吉さんは、わたしのことはしばらく黙っていると、いっていました。大多喜屋のことを考えてのことだと思いました」

　それを聞いた十内は少し安堵した。

　大家がお景のことを知っていれば面倒なことになる。直吉の葬儀もお景にまかせられるだろうし、町奉行所の調べにも立ち会わなければならない。しかし、その必要はない。

直吉は大多喜屋茂兵衛がお景を探すために、各町の大家に打診するのを警戒してお景のことを伏せたのだろうが、それはよい結果だった。

「前の長屋では、おまえさんのことを住人は知っているんだな」

「何人か知っています」

だが、それは気にすることはなかった。町奉行所は直吉の以前の住まいを調べないだろうし、受け持っている洋之助をうまくいいくるめればすむことだ。問題は、お景の身をどこに移すかであった。

「おまえさんは大多喜屋に帰らなければならないが……さて、どうするか……」

十内は腕組みをした。直吉の容態を見ているときに、十内はお景から身籠《みご》もっていることを知らされた。それは茂兵衛との間にできた子だった。

「直吉さんはどうなるんです？」

お景はしゃくりあげるように大きく息を吸って、涙で光る目を向けてくる。

「直吉のことは大家にまかせるしかない。しかし、町奉行所の調べが入る。おまえがここにいれば、直吉の犯した罪に加担したことになる。そうなれば、二度と大多喜屋には戻れなくなるし、腹のなかにいる赤ん坊の命も、それで潰《つい》えるということだ」

お景は泣き濡れた顔をこわばらせて、自分の腹に手をあてがった。

「直吉は大多喜屋へ盗みに入った賊のひとりだ。おまえさんに、その火の粉がかかってはならねえ」

「…………」

お景は息を呑んだ顔をした。行灯のあかりを受けた黒い瞳は、あくまでも澄んでいる。

「このまま大多喜屋茂兵衛のもとに戻ったら、どうなるか……」

十内は腕をほどいて煙管に刻みをつめた。

「わたし、帰って何もかも旦那さんに正直に打ち明けます」

「ならねえ」

十内はぴしゃりと遮った。

「そんなことをしてみろ。おまえの命も、その腹のなかにいる子の命もなくなるんだ。もっとも大多喜屋は、おまえさんにぞっこんだし、身籠もっていることを知ったら、何もかも許してくれるだろうが、それじゃまずいんだ」

「なぜ……」

「御番所の調べがある。おまえが直吉といっしょだったことが知れれば、罪人を匿《かくま》ったという咎を受ける。また、おまえは直吉に店の造りを細かく話している。それは賊の仲間だったとみなされる。そのつもりじゃなかったと、いいわけしても通じないだろう。町方を甘く見ないほうがいい」

「それじゃ……どうすれば……」

「おまえが直吉といっしょにいたことは、できるかぎり伏せておきたい。直吉に無理矢理連れ去られたことにしてもいいが……」

そうなれば、賊のことがわかったときに、お景は洋之助の訊問《じんもん》を受けなければならないし、吟味のために町奉行所にも出頭しなければならなくなる。そうなると、直吉に唆されたとしても、盗みに加担したことになる。

（やはり、同じか……）

十内は煙管を吹かして、厄介なことになったと苦い顔をした。

「とにかく、おまえがここにいては面倒なことになる」

「では、どこに行けばいいんです」

お景は蚊の鳴くような声を漏らした。十内は自分の家に連れて行こうかと考えたが、ふと、お文と甲造のことを思いだした。

(そうだ、あの二人なら)

十内は煙管を煙草盆に打ちつけた。

「お景、おれについてこい。一日二日、おまえを預かってもらえる家がある。そこに身を移すんだ。いいな、おれのいうとおりにしないと、とんでもないことになるんだぞ。わかったな」

十内に諭されるお景は小さくうなずいた。さいわい、お景の持ち物は少なかったので、そのまま表に出ることができた。

雪がちらついていた。そのせいで吐く息が白い。二人は提灯も持たずに、夜道を歩いた。雪は降っているが、地面に落ちてすぐに溶けていた。

「ごめん。早乙女だ。夜分にすまぬ」

甲造の家の戸口で声をかけると、心許ない足音がしてすぐに戸が開かれた。

「早乙女様……」

戸を開けたお文が、連れているお景をすがめるように見て首をかしげた。

「折り入って相談があるんだ。よいか……」

「どうぞ」

十内とお景は居間に上がり込んで、甲造の前に座った。

目の不自由なお文は柱や障子、あるいは壁に手をついて家のなかを往き来する。それでも住み慣れた家なので、さほど不自由はしていないようだ。

「ご相談とは……」

甲造が十内とお景を交互に見ながら聞いた。

「じつは面倒なことになっている。この女は馬道にある大多喜屋という道具屋の女房なのだが、些細《ささい》な気の迷いを起こし、盗人の仲間とみなされそうになっている」

「盗人の……いったいどういうことで？」

甲造が怪訝そうな顔をすれば、茶を運んできたお文も首をかしげながらお景を見た。

「二人のことを信用して正直に打ち明けるが、このこと胸先三寸にたたみ込んでくれないか」

「そりゃまあ、早乙女様がそうおっしゃれば……」

甲造は信用のおける人間だ。それにお文もその辺は心得ている娘だと確信して、十内はこれまでの経緯《いきさつ》を丹念に話していった。

お景と茂兵衛がいっしょになった経緯、お景と直吉の幼いころからの関係、そして嫁いだのちに、直吉と偶然出会い、逢瀬を重ねた末に、直吉の誘いを断り切れずに大多喜屋を出たことなどだった。

「だが、直吉は悪い仲間の誘いを受けて、盗みをはたらいた。しかも、お景が嫁いだ大多喜屋に……」

「ま」

お文が目をまるくすれば、甲造もあっけにとられた顔をした。

「お景は直吉が盗人の仲間に入ったことなど知らなかった。何も知らずに、店の造りを詳しく直吉に漏らしている。しかし、このことが露見すれば、お景の身は安泰ではない」

「そりゃそうでしょう」

甲造は相づちを打って茶を飲む。

「それに、お景は赤ん坊を身籠もっている。それは茂兵衛の子だ」

「大変ではありませんか……」

お文がお景をまじまじと見る。お景は恥ずかしそうにうつむく。

「お景を大多喜屋に戻してもよいが、賊の一件はまだ片づいておらぬ。それに、直吉の仲間がお景のことを知っていれば、ちと面倒なのだ。だから、今日明日は様子を見なければならぬ」

「それで直吉という男は……」

甲造だった。

「さっき、息を引き取った。仲間に刺されてのことだ。その男のことはわかっている。明日にも町方と組んで、そいつらを押さえるが、それまでお景を預かってもらいたいのだ。頼まれてくれるか……」

十内は甲造とお文を見て、両手をついた。

「つまり、お景さんが賊の一味と見られるのを防ぐためですね」

甲造は心得たことをいってくれた。

「お景さんは、その直吉さんが盗人だったというのを、まったくご存じなかったのですね」

お文がお景を見て訊ねた。

「わたしは何も知りませんでした」

お景は首を振って答えた。

「しかし、直吉さんといっしょにいたってェのは具合が悪いですな」

甲造は思案顔になって視線を泳がし、言葉を足した。

「直吉の誘いを受けて、大多喜屋を出たのは、二十日ほど前でしたね」

お景はうなずく。

「だったら、こうしたらどうでしょう。直吉はいやがるお景さんを無理矢理連れて行って、逃げられないようにした。しかし、隙を見て逃げ出したが、途中で倒れた。それを手前どもが助けて看病していたってことでは……。なにせ、無理の利かない身重の体だし、熱も出ていたのでなかなか起きあがることができなかった。手前どもは、お景さんを家に送り届けたい、連絡のひとつもしてやりたいと思ったが、お景さんは亭主を裏切って家を出た按配になっているので、なかなかほんとうのことを切り出せずにいた。そうすれば、何とか辻褄《つじつま》は合う気がするんですが……」

少し無理もあるが、甲造はなかなかの名案を口にした。

お景と直吉の関係を洋之助に知られず、また直吉の仲間がお景のことを知らなかったら、甲造の案は通用するかもしれない。

「いいだろう。お景、いまのこと肝に銘じておけ。しかし、おまえと直吉のことを賊が知っていたら、少し厄介だが、それはまたあとで考える」

十内はそういったあとで、甲造とお文にくれぐれも頼むと、頭を下げた。

五

兼造はやはり自分の長屋には戻っていなかった。いっしょにいた銀次もそうだ。十内は暗い路地を抜けて表通りに出た。

兼造と銀次を探さなければならない。できれば、洋之助より早く見つけて問いただしたい。しかし、行方はわからずじまいだ。

頭に下谷大工屋敷で見かけた浪人ふうの大男が、脳裏に浮かんだ。兼造と銀次はあの浪人に会ってから直吉を殺しに行っている。

おそらくあの大男が賊の頭なのかもしれない。住まいを突き止めるのはたやすいことだろうが、もう夜も遅い。町木戸の閉まる宵四つ（午後十時）になろうとしている。

それなら洋之助には会えないだろうかと、考えた。八丁堀《はっちょうぼり》の自宅屋敷に帰っているだろうが、その前に松五郎を訪ねようと思った。松五郎に会えばその日の動きや、調べの結果はわかる。

十内は暗い夜道を歩いた。甲造から提灯を借りたので、歩くのに苦労はしない。雪は降り止《や》んでいるが、冷たい風が吹きつけてきた。

町のあちこちで立て付けの悪い戸板の鳴る音がする。カランコロンと、風に転がっていく手桶もあった。

松五郎は小網町で小さな煙草屋を営んでいる。店番をしているのは出目で出っ歯の今助《いますけ》という小男だ。当然、店は閉まっていたが、十内はかまわずに表戸をたたいて、声をかけた。

「いったい誰だい」

ぼやくような声を漏らしながら戸を開けたのは、今助だった。十内の顔を見ると、

「へっ、これは」と、驚いた顔をした。

「松五郎はいるか？」

「親分でしたらまだ帰ってこないんです。大方、服部の旦那といっしょだと思うんですが……」

「その居所はわかるか?」

「さあ、どこにいるんだか、あっしには……」

十内は背後を振り返った。洋之助は兼造や銀次に辿り着いて、調べをやっているのかもしれない。ひょっとすると、万八という元大工のことも考えられるし、あるいは大男の浪人を捕まえたのかもしれない。

連絡の取りようがないので、十内は困った。

「悪いが松五郎に、明日の朝一番に、おれの家に来てくれるようにいってくれないか」

十内は今助に顔を戻して頼んだ。

「旦那の家に、そんな早く親分が……」

「大事なことがわかったんだ。一刻でも早く服部さんにも知らせたいことなんだ」

遮っていった十内は、そこではたと気づいた。

「今助、悪いがおまえが使いに行ってくれねえか」

「へッ、これからですか？　いったいどこへ？」

「服部さんの屋敷だ。八丁堀は目と鼻の先だ。小半刻もかかりゃしねえ」

「旦那が行けばいいじゃないですか」

「その間に松五郎が帰ってきたらどうする。とにかくいま調べている件について、大事なことがわかったんだ。さあ、行ってこい」

急き立てると、今助はしぶしぶながら夜道に消えていった。

十内は今助が戻ってくるまで、火鉢にあたりながら、沈思黙考した。もし、賊一味がお景のことを知っていたら、どんな口実を作ればいいか。

直吉が死んでしまった以上、無理矢理攫われたということにしたいが、他の仲間がお景と直吉の関係を深く知っていたら、それは通用しない。何かよい考えはないか、何かいい手はないかと考えているうちに、今助が戻ってきた。

「どうだった？」

「服部の旦那もまだお帰りになっていません。どこで何をしているのか、それもわからないということでした」

十内は舌打ちをした。

今夜会うのはあきらめて、明日の朝を待つしかないようだ。

橋本町一丁目の自宅屋敷に戻ると、その日の疲れがどっと出てきた。

十内はしばらくへたり込んだように、火鉢の前に座り込んだ。もう何もかもが億《おっ》劫《くう》になっており、空腹も家のなかの寒さも気にならなかった。とにかく疲れ切った体を休めたかった。

それでも、火鉢の火を熾して部屋を暖め、のろのろと着替えにかかった。と、お夕の視線を感じた。祐斎の絵である。絵のなかのお夕はこっちを見ているわけでもないが、何だか見ているような錯覚がするのだ。

（あいつら……）

十内はお夕と由梨の顔を思いだした。

以前だったら、にぎやかにあの二人がやってきて、気を紛らわせてくれたんだがと思っても、もう昔の話である。

「おい、親許で楽しくやってるんだろうな」

十内は声に出して、絵のなかのお夕に話しかけた。

洋之助は片肌脱ぎになった肩に汗を光らせ、息を切らしていた。

大番屋の仮牢のなかだった。万八が筵《むしろ》の上でぐったり横になっている。背中に無数の蚯蚓《みみず》腫《ば》れが走っていた。洋之助も疲れていたが、笞《むち》で打たれつづけた万八もへばった犬のような顔になっていた。

「万八、黙っていてもためにならねえぜ」

「……喋ってもためにならねえ」

「くそッ」

吐き捨てた洋之助は思いきり、万八の尻を蹴った。それから仮牢を出ると、

「こいつを眠らせるんじゃねえ」

と、牢番にいいつけて詰所に戻った。待っている小者の乙吉と弁蔵、そして松五郎が手焙りの前で舟を漕いでいた。

「おい、起きろ」

洋之助は松五郎の頭をひっぱたいて起こした。

「おれは少し眠ることにする。牢に行って、万八の野郎を寝かせないようにしろ。目をつぶったら水をかけてやれ」

洋之助の声で、弁蔵も乙吉も目を覚ました。

「明日の朝までに白状させる。そうだ乙吉、一刻ほどしたらおれを起こせ。そのときに、十露盤板《そろばんいた》を用意しておけ」

「使ってよろしいんで……」

乙吉がびっくりしたような顔をする。

「かまわねえ。やつが盗人の仲間だというのはわかってる。もう手加減はしねえ」

洋之助はそのままごろりと横になって、目を閉じた。

十露盤板とは、拷問具の一種である。△に削った材木を五本並べた上に罪人や容疑者を正座させるのである。それだけで脛《すね》は自分の重みに悲鳴をあげるが、さらに膝の上に目方十三貫の伊豆石を重ねて拷問をする。

たいていは二、三枚で用はすむが、なかには四枚重ねても白状しないものがいる。しかし、どんなに強情なものでも、五枚重ねれば音《ね》をあげる。

一刻後に、弁蔵に揺り起こされた洋之助は、ゆっくりと身だしなみを整え、一度井戸端で水を使い、熱い茶を飲んだ。その間、誰も話しかけてこなかったし、洋之助も一言も喋らなかった。

腹のなかに苛立ちと焦りが混在しており、さらにしぶとい万八に対していつにない怒りを覚えていた。

表から鳥たちのさえずりが聞こえるようになっていた。

万八を入れている仮牢に行くと、天井近くの明かり取りからのぞく空が白々と明けようとしている。昨日ちらついた雪はやんでおり、今日は天気が回復しそうだ。

万八は筵の上でぐったりしていた。

「寝かしちゃおりません」

仮牢内に入った洋之助に、牢番が告げた。洋之助はそのまま、万八の前で仁王立ちになった。怒りがぐつぐつと腹のなかで煮え立っていた。

「この野郎ッ」

一言、怒鳴るなり、洋之助は弱っている万八を足蹴にし、胸ぐらをつかんで頬を張り飛ばし、さらに笞をつかんで振りおろした。

笞は長さ一尺九寸の真竹二本を、麻苧《あさお》（麻糸）で巻きつけたものである。その笞が振りおろされるたびに、肉をたたく鋭い音が仮牢内にひびいた。

洋之助は我を忘れ、笞を打ちつづけた。万八は体をのたうたせ、海老《えび》のようにまるくなったりしながら、うめきとも悲鳴ともつかない声を漏らしつづけた。

「服部様、服部様……」

牢番が必死になって組みついてきた。

「これ以上やれば死んでしまいます。おやめください」

洋之助はそういわれて我に返った。表の通路に立っていた松五郎と乙吉が、洋之助の残忍さを恐れたのか、蒼白《そうはく》な顔で立っていた。

洋之助もさすがに手加減せずにやり過ぎたと思った。万八を死なせては元も子もないし、大番屋で容疑者を殺したとなれば、町奉行から大目玉を食らうこと必至である。

洋之助は気分を落ち着かせようと、大きく息を吸って、水を一杯口にすると、万八にも飲ませてやった。

万八は寝ていないので、目が真っ赤だ。それに朦朧《もうろう》とした顔をしていた。

「万八、喋る気になったか……」

洋之助はしゃがみ込んで、万八の顎をつかんだ。万八はうつろな目で見てくる。

その目には、もう昨夜の強気はなかった。

「喋れば楽になるんだ。すらっと、喋っちまわねえか。それがお互いのためだ。ええ、万八よ」

万八は牙《きば》を剝くような顔つきになって、口を引き結んだ。洋之助は口の端に浮かべていた笑みをすうっと消すと、立ちあがって乙吉を見た。

「十露盤板を用意しろ」

乙吉が筵の上に十露盤板を置き、松五郎がその脇に伊豆石を五枚重ねた。万八はうつろな目でそれを見ていたが、睡魔に襲われたらしく、こくりこくりとやり出した。

だが、それも束の間のことで、松五郎と乙吉に体を起こされ、十露盤板の上に正座させられると、目から火を噴くような表情になった。

「てめえの強情もここまでだ」

やれと、洋之助が顎をしゃくると、万八の膝の上に伊豆石が置かれた。とたん、万八の顔が苦悶にゆがんだ。

「喋る気になったか」

聞いても、万八は黙っている。洋之助はもう一枚積めといった。乙吉がもう一枚積み重ねた。すると、万八が絶叫した。

「ぎゃあー、やめてくれ、やめてくれ。いう、いうからやめてくれ……」

伊豆石二枚で音をあげた万八は、目に涙をためて訴えた。

「この野郎、やっとその気になったか。手を焼かせやがって」

洋之助は大きく嘆息した。

六

戸がたたかれ、松五郎の投げやりな声が聞こえたのは、十内が厠から出て手水《ちょうず》で手を洗っているときだった。まだ、寝間着姿だった。

「おう、何だか大事なことがわかったらしいな」

十内を敵視している松五郎は、いつものように肩を怒らせてにらんでくるが、その目は赤く充血していた。無精ひげの生えた顔には、疲れがにじんでもいる。

「そうだ、大事なことがわかった。そんなとこにいねえで入りな。寒いじゃねえか」

「とっとと用件をいいやがれ」

松五郎はそういいながらも土間に入ってきて、戸を閉めた。

「賊のことがわかったんだ」

「ふうん、そうかい」

松五郎は余裕の顔で応じる。十内は「あれ」と思った。

「何だ、おまえたちも賊のことを割りだしたか……」

「ああ、そういうことだ。大工の万八を締めあげて、洗いざらい喋らせたばかりだ。これから、賊をとっ捕まえに行く。服部の旦那が、おめえにも助をしてもらいてえといってるから、付き合ってもらうぜ」

「その万八が何もかも喋ったっていうのか」

「そうさ」

松五郎は得意げな顔をしたあとで、喉ちんこが見えるほど大きなあくびをした。

「だが、直吉は死んでいるぜ」

「何だって」

「兼造という仲間がいる。そいつに刺されたんだ」

「ほんとうかい……」

松五郎は目をみはった。

「おれが嘘をいってどうする。それで直吉のことは、どこまでわかってる。おまえは服部さんとずっといっしょにいるはずだから知ってるだろう」

十内は洋之助たちが直吉とお景の関係を、知っているかどうか知りたいから聞いているのだった。

「大方わかってらァ」

「直吉に女がいたかどうかは、どうだろう」

十内は注意深く松五郎を見た。

「そんなこたァ知らねえよ。女がいようがいまいが、賊のことがわかったんだ。とにかくおれについて来な。旦那が待ってんだ」

十内はその返事を聞いて、洋之助たちはお景のことを何も知らないのかもしれないと思った。そうであれば好都合である。

「すぐに着替えるから待ってくれるか」

「早くしろ」

急かす松五郎は、また大きなあくびをした。

どうやら寝不足のようだ。そのわけは、洋之助が待っている神田佐久間町の自身番に行く間にわかった。

洋之助は万八に嫌疑をかけ、夜を徹して厳しい取り調べを行い、やっと自白まで持っていったのだった。その調べに、小者の乙吉と弁蔵、そして松五郎は付き合わされていたのだった。

「それで、万八はなにもかも喋ったのか?」

十内は歩きながら先を行く松五郎に声をかける。

「だから、こうやって目の色変えてんだ」

「たしかにおまえの目の色は変わってる。今朝は鬼のように赤くなってる」

松五郎が、ぎろり、とにらんでくる。十内は愛想笑いを返していなす。

今日は昨日とは大ちがいで、からっとした青空が広がっている。その空で鳶が気持ちよさそうに舞っていた。

洋之助は自身番のなかではなく、日あたりのよい表の床几に座っていた。十内の顔を見ると、いつもの皮肉っぽい笑みなど見せず、一度「うおっほん」と咳をしたあとで、

「いやあ、朝っぱらからご苦労ご苦労。それにしても、難儀な調べだぜ。ようやく、大多喜屋に入った賊のことがわかった」

と、得意げな顔をしたが、疲れがありありと見て取れた。

そばに控えている弁蔵と乙吉も、疲れた顔をしていた。

「おれも大方調べがすんでいた。だが、賊のひとりだった直吉は殺されている」

十内がそう伝えると、洋之助は片眉をぴくりと動かした。

「何だと。誰に殺《や》られたってんだ？」

「兼造だ。万八が口にしている男のはずだ」

「ほんとうか？」

十内はその経緯を、ざっと話してやった。もちろん、お景のことは伏せた。

「すると、兼造と銀次はおまえさんに疑いをかけられ、直吉の口封じをしたってことか……うむ」

あらましを聞いた洋之助は、真顔で首の骨をこきこき鳴らした。

「大方そんなところだろう。昨夜、おれは兼造の家を見に行ったが、帰っている気配はなかった」

「そっちはおれたちも調べた。兼造も銀次って野郎も行方知れずだ。だが、賊の頭だという伊知蔵《いちぞう》の家はわかっている」

「伊知蔵というのは大男の浪人か？」

「知っているのか？」

「見ただけだ。兼造と銀次は直吉を殺しに行くときに、その男に会っている。おそらく口封じの指図をしたんだろう。それで伊知蔵というのはどんな男だ？」

「仲間内じゃ鬼伊知と呼ばれているらしい。御家人《ごけにん》崩れで、いっときは下谷の剣術道場で師範代をやっていたらしい。本名は時松《ときまつ》伊知蔵だ。おしんという内縁の女と二人暮らしだ。兼造も銀次も伊知蔵の家にいるかもしれねえ」

「それじゃこれから……」

洋之助はうむと、とがった顎をなでながらうなずき、

「相手は三人だ。おれたちだけで押さえるが、ぬかるな」

と、きりっと眉を吊りあげて立ちあがった。

それから揃って伊知蔵の家に向かった。だが、伊知蔵は下谷大工屋敷の家にはいなかった。応対に出てきたのは、おしんという内縁の妻だったが、

「それが出て行ったら鉄砲玉と同じだから、いつ帰ってくるかわからないんですよ。それにしても、なんですか朝っぱらから……」

と、洋之助に答えたあとで、入り口の木戸門をかためている松五郎たちに、如実にいやな目を向ける。見るからに鉄火肌の女で、はすっぱな口調だった。

「どこに行ってるかわからないか？」

「さあ、どこに行ったのやら」

おしんは後れ毛を指先でなでてあげていう。とぼけているのか、そうでないのかわからない。十内は、洋之助がおしんに問いかける間に、家のなかに素早く視線を走らせたが、人のいる気配はなかった。

「兼造とか直吉って野郎が出入りしているだろう」

洋之助はとぼけ口調で聞くが、その目は真剣だった。

「ああ、あの与太者でしょ。あたしゃ、あんな腐った人間と付き合うこたァないだろうって、さんざん旦那にいうんだけどね、まるでやくざの親分みたいに慕ってくるんですよ。あいつらろくな人間じゃありませんよ」

「万八とか銀次って野郎もいるな」

「いますよ。ここんとこ顔見せないけど……いったいどうしたってんです。やっぱりあの男たち、悪さか粗相をやらかしたんですね」

おしんは急に真顔になったが、洋之助はそういうことではない、ただ調べていることがあるので、聞きに立ち寄っただけだと、はぐらかしておしんに背を向けた。

「ひょっとすると逃げたのかもしれねえ」

表に戻ってから洋之助が渋い顔をした。

「どこへ逃げたかはわからないんで……」

松五郎が間抜けなことを聞く。

すかさず、気を立てている洋之助が頭をはたいた。

「わかってりゃ、こんなところで立ち往生してるかってんだ。おう、逃げたとはまだ決まっちゃいねえ。松五郎と乙吉はこの家を見張っておけ。おれと早乙女ちゃんは直吉の長屋に行ってくる。弁蔵、おめえさんもついてきな」

そのまま十内が案内役となって、洋之助と弁蔵を直吉の長屋に引率することになった。十内はいずれにしろ、直吉の死体をそのままにしておくことはできないし、町方の洋之助がその検死役になってくれれば、用は省ける。

「もう一歩ってときに……」

早く功を立てたいと焦っている洋之助は、ぼやきながら歩く。

七

勇三郎はその朝、待ちに待ったお夕を見つけた。元荒川に架かる橋を、何も知らずにお夕がわたってきたのだ。

朝餉も取らずに、早起きをして見張っていた勇三郎は、手早く身支度をすると、旅籠を飛びだしてお夕を尾けつづけていた。

お夕はまったく気づく素振りがない。一気に近づいてもよかったが、勇三郎は楽しむように前を歩くお夕の後ろ姿を眺めていた。

昨日降った雪は野山に積もっていたが、日が昇るにつれ、雪解けがはじまっていた。周囲に広がる畑は、白と黒の斑《まだら》になっていた。

越ヶ谷からつぎの草加《そうか》宿までは、一里二十八町と短い。その間に、勇三郎はお夕に接近して適当な場所に連れ込むつもりでいた。

しかし、朝のうちは往還を往き来する旅人や行商人の姿が目立ち、なかなかその機会を得ることができなかった。

（ま、いいさ。草加から千住の間には、知っている場所がある）

ほくそ笑む勇三郎は、そうしようと考えを変えた。

前を行くお夕の白い脚絆が日の光にまぶしい。ほっそりしたきれいな足だ。そして、うなじの白さが日の光を照り返している。

勇三郎は荷駄を運ぶ馬子の後ろから、お夕を尾行している。お夕が振り返っても、馬の陰に隠れるようにして歩いているので、見つかる恐れはなかった。

お夕は越ヶ谷宿と草加宿のなかほどにある蒲生《がもう》村で、勇三郎に気づいた。

（やはり、そうだったのね）

ひょっとすると、越ヶ谷宿で待ち伏せを受けるかもしれない、という予測は的中していた。しかし、お夕は慌てなかった。

早くに粕壁を出立してから、江戸に向かう親子の旅人とひとりの行商人からつかず離れずの距離を保って歩いていた。もし、勇三郎が近づいてきたら、大声をあげて助けを求めるつもりだった。

勇三郎は騒がれたら困るはずだ。騒いだからといって、刃傷《にんじょう》に及びはしないだろう。もっとも、それは勝手な解釈であるから、お夕は戦々恐々の心持ちでありはしたが。

勇三郎の尾行に気づいておきながら逃げないのは、無駄だとわかっているからだった。逃げればかえって勇三郎の気持ちを刺激し、無茶をやらかすのではないかという恐れがあった。

(草加までよ。草加宿で……)

お夕は心の内にいい聞かせる。気も心も緊張で張り詰めていた。

往還の東側をうねりながら綾瀬《あやせ》川が流れている。静かな川面《かわも》はあかるい冬の光をまぶしく照り返していた。

(もう少し……)

往還の先のほうに、草加の宿場がぼんやり見えてきた。お夕は振り返りたいという衝動を、一心に抑えながら歩きつづけた。

ついに草加宿に入った。

勇三郎は、焦らずにお夕に接触しなかったのは、正しかったと思った。この宿場から千住までは、自分の庭のようなものである。どこで声をかけ、どこに連れ込めばいいかと、その考えが浮かんだ。

風は冷たいが、天気がいいので、徐々に暖かくなっている。これなら寒い思いをしないで、たっぷりお夕を弄べると、いまからそのときが待ち遠しくなった。

お夕は宿中の伝馬会所の隣にある旅籠に入った。茶店で休息をせず、旅籠で体を休めるのはめずらしいことではない。ひょっとすると、おれを警戒してそうしているのかもしれないと、勇三郎は勝手に思った。

勇三郎はお夕が入った旅籠の玄関を見通せる茶店の床几に座って、のんびり待つことにした。気づかれないように、葦簀の陰に隠れての見張りである。

しかし、なかなかお夕は表に姿を見せない。ひょっとして、旅籠の裏から逃げたのではないかと心配になって見に行ったが、裏は板塀をめぐらしてあり、川縁の畦道がつづいているだけだった。

急いでもとの茶店に戻った勇三郎は再び、見張りを開始した。

半刻ほどして、やっとお夕が旅籠から出てきた。顔を見られないようにしっかり手拭いでほっかむりをし、菅笠を目深に被っている。

(そんなことをしても無駄だ)

勇三郎は余裕の笑みを浮かべて、座っていた床几から腰をあげた。

宿場を離れると、徐々に往来の人の姿が少なくなった。畑仕事をしている百姓の姿が遠くに見える。勇三郎は見通しの利くところでは、木や物陰に隠れて用心深く尾行をつづけた。しかし、そのまま千住宿に入られては困る。

意を決したのは、保木間《ほきま》村の外れまで来たときだった。その村外れに増田橋があり、立場《たてば》がある。草加からも千住からも、ちょうど一里四町の中間の休息所である。茶店で駕籠や荷物をおろして休んでいる旅人の姿があった。お夕はその立場をやり過ごして先に進んでゆく。

(いいぞ、それでいいんだ)

勇三郎はほくそ笑んだ。

道が杉木立をまわり込むように、ゆるやかに曲がったところに来たとき、お夕との距離を一気に詰めた。周囲は森閑とした雑木林だ。そして、もう少し行った先の右手に、誰もいない破寺《やぶれでら》があるのを勇三郎は知っていた。

もうお夕に手の届くところまで近づいた。勇三郎は心を高鳴らせて声をかけた。

「お夕、ずいぶんじゃないか……」

もう一度、「おい、待て」と声をかけると、お夕がゆっくり立ち止まって振り返った。

とたん、勇三郎は我が目を疑った。お夕と思った女は、まったくの別人だった。

あっけにとられていると、

「もしや、勇三郎さんという方ですか?」

と、聞いてくる。お夕とは似ても似つかない四十大年増の醜い女だった。化粧は汗ではがれ落ち、顔には深いしわがあった。

「ちがいますか?」

女は小首をかしげて聞いてくる。

「あ、そ、そうだ」

「ああ、よかった。それじゃ、これをおわたしします」

女は、にっと、嬉しそうな笑みを浮かべてお歯黒をのぞかせた。気色悪い以外の何ものでもない笑みだった。それから、懐から取り出した一通の手紙をわたしてきた。

何だろうと思って、勇三郎がその手紙を開くと、

『楽しい旅でしたよ。あんぽんたん』

ただ、それだけが書かれていた。

怒り心頭に発した勇三郎は、その手紙をたたきつけて踏みにじった。


お夕は綾瀬川を下る四十石舟に乗っていた。積み荷に背中を預け、草加宿の旅籠で作ってもらった塩むすびを口に運び、たくあんを囓る。それからうまそうに竹筒の茶を飲んだ。

空は真っ青に晴れわたっている。川岸のすすきが日の光の加減で、白く見えたり銀色に見えたりした。

草加宿の旅籠に入ったお夕は、そこの女中に持ち金のほとんどをわたし、着物を取り替え、千住宿まで行って、声をかけてきた勇三郎という男に手紙をわたしてくれと頼んでいた。

（もう、声をかけられたかしら……）

お夕は川沿いの景色をのんびり眺めながら、そんなことを思った。

乗っている四十石舟は、草加宿で入った旅籠のそばにある札場《ふだば》河岸《かし》から無理をいって乗せてもらったのだった。舟の行き先は江戸である。お夕は流れにまかせて下る、その舟に乗っていれば、歩かずに江戸に着けるのだった。

(早乙女さん……)

空を見あげて心中でつぶやくお夕は、会ったら十内がどんな顔をするだろうかといまから楽しみになった。

八

鬼伊知こと時松伊知蔵は、浅草田町の茶店で煙管を吹かしていた。

昨夜は吉原で飲めや歌えの大騒ぎをし、大門《おおもん》を出たのは昼過ぎだった。だが、さかんに兼造と銀次が万八のことを心配するので、会っておこうと思い、茶店の縁台で暇をつぶしているのだった。

ほどなくして兼造と銀次が、雁首揃えて戻ってきた。万八の姿はない。

「どうした万八は……」

答えたのは、兼造だった。

「それがいねえんです。おかしいと思って、長屋の連中に聞くと、昨日町方がやってきて連れて行かれたってんです」

「なんだと……」

伊知蔵は煙管を煙草盆にたたきつけた。それから、ぶつぶつと、独り言のようなつぶやきを漏らした。

「何も気づかれるような手掛かりは残しちゃいねえんだ。なぜ、町方が万八を訪ねやがる」

「それはあっしらにはわからねえことで……」

そういう銀次を、伊知蔵はにらみつけた。それから兼造をじっと見て、

「おめえ、直吉の口はちゃんと封じたんだろうな」

と、聞いた。

「しくじっちゃいませんよ。やつの土手っ腹を深く突いたんですから……」

兼造は人の耳を気にして、小声でいった。

「だったらなんで万八はしょっ引かれたんだ。てめえ、直吉が死んだのをちゃんとたしかめたのか」

「いえ、それは……」

伊知蔵はいきなり拳骨《げんこつ》を飛ばした。その勢いで、兼造は二間ほど吹っ飛んで地に転がった。恨みがましい目をして立ちあがったが、たらたらと鼻血を出していた。

「こうなったら逃げるしかねえ。おめえら、もたもたすんな。ついてこい」

伊知蔵はすたすたと茶店をあとにした。

逃げなければならないが、盗んだ金の残りを家に取りに戻らなきゃならない。もし、町方がいれば、大暴れして斬りつけて逃げるだけだ。

「どこへ行くんです？」

兼造が鼻血をぬぐいながら聞いてくる。

「金を取りに家に戻るんだ」

「町方がいたらどうします？」

「まさか、捕り方は仕立ててねえはずだ。おそらくいたって四、五人だろう。どうってことねえ。とにかく逃げるには金がいる。そうじゃねえか」

「へえ、まったくで……」

「それにしても面倒なことになってるんじゃねえだろうな」

足を急がせる伊知蔵は、そうでないことを願った。


直吉の死をたしかめた洋之助は、できるかぎりの手配を終えていた。兼造の長屋への聞き込み、そして銀次の長屋への聞き込みである。

しかし、兼造も銀次も昨日から長屋で姿を見られていなかった。家のなかもあらためさせていたが、江戸を離れた形跡はないというのが、調べにあたった乙吉と弁蔵の見解だった。

つまり、二人は伊知蔵といっしょにいると考えてよかった。その行き先はわからないが、伊知蔵も長く家をあける兆候はなかった。それは十内が、再度、伊知蔵の内縁の妻・おしんに聞き込みをかけてわかったことである。

いずれ、伊知蔵は家に戻ってくる――。

それが、洋之助の判断だった。

そばにいる十内も意見はしなかった。それより、直吉の葬儀一切は大家にまかせることになり、また直吉殺しの経緯も、十内の証言をもとに口書《くちがき》が取られた。その証言で、十内は一切お景のことを口にしていないし、洋之助も何も疑わなかった。

「やつらは大多喜屋に押し入り金を盗んだばかりでなく、仲間の直吉を殺した極悪だ。許しゃしねえ」

伊知蔵の帰りを待ち伏せするために、見張場についた洋之助はそんなことをつぶやいた。十内はその腹の内を読んだ。

洋之助は功を多く立てたい同心である。賊が大多喜屋に盗みに入っただけなら、盗人を見事捕らえたという評価程度で終わる。

しかし、賊が仲間を殺したとわかったいま、伊知蔵らには大悪党という〝箔〟がついた。こうなると、奉行所内でも見る目が変わる。

「大悪党を捕らえた服部洋之助」

と、同心としての功績が讃《たた》えられるのだ。

そうなれば、自ずと洋之助が面倒を見ている町屋の商家などの見る目が変わり、接し方も変わる。

当然、盆暮れの付け届けも多くなる。最終的に洋之助の狙いはそこにある。十内はこれまでの付き合いで、そのことをすっかり見抜いていた。もっとも、意見するような野暮はしない。

十内は腐った町方の同心でも、敵にまわすよりは味方につけておいたほうが、賢いと考えている。

日が西にまわりはじめ、往来を行き交う人の影が長くなった。

伊知蔵の家は小さな乾物問屋と古着屋の間を入った路地の先にある。その路地は、旗本屋敷の練り塀で行き止まりとなっている。

見張場は三ヵ所だった。弁蔵が西照寺門前の茶店、乙吉と松五郎が、宗源寺門前の畳屋、そして十内と洋之助はその畳屋の二軒隣にある煎餅《せんべい》屋だった。

洋之助がそばに十内をつけたのは、兼造と銀次の顔を見ているからだった。伊知蔵の人相と風体は付近の聞き込みをしてほとんど把握していた。

なにより六尺はあろうかという大男である。見まちがえることはなかった。

昼八つ（午後二時）の鐘が、上野寛永寺から聞こえてきた。それと相前後するように、浅草寺の時の鐘も空をわたっていった。

浅草方面から三人組がやって来たのはそのときだった。

ひとりは大男である。そして、少し遅れて二人の男がつづいていた。

十内はきらっと目を光らせた。

「やつらだ」

その声で、洋之助が吸っていた煙管の雁首を床几の縁に打ちつけた。

「早乙女ちゃん、逃がすんじゃねえぜ」

「わかってるさ」

「大男だと聞いちゃいたが、なるほどでけえな。いざとなったら早乙女ちゃん、あいつはおまえさんにまかせる。おれはあとの二人を相手にする」

洋之助はそれがさも当然だという顔つきでいって、立ちあがった。こういったところにも十内はあきれるが、何もいわなかった。

伊知蔵は大小を差している。兼造と銀次は、長脇差《ながどす》を腰にぶち込んでいた。

九

三人組が煎餅屋の前に差しかかったとき、洋之助が暖簾をはねあげて表通りに出た。十内がそれにつづく。

「やッ」

驚きの声を漏らしたのは、兼造だった。血走ったような目を十内に向け、そして洋之助を見た。同時に、注意をうながすように伊知蔵の袖を引いた。

そのとき、別の場所で見張りをしていた松五郎、乙吉、弁蔵が駆けつけてきて、伊知蔵たち三人を取り囲むように立った。

一瞬にして、その場に緊張感が走った。通りを行き交っていたものたちが、その異変に気づき、何事だという顔で立ち止まった。

「ようよう、でけえの。おまえさんは鬼伊知と呼ばれている男だな」

洋之助が一歩前に出て、腰に差している十手の柄を指先で小さくたたきながらいう。余裕の体《てい》だ。だが、相手が大きいだけに、見あげる恰好になっている。

「ほんとうの名は時松伊知蔵。そうだな」

「それがどうした」

伊知蔵は応じながら、十内以下の小者たちを眺め、さらにあたりにも注意の目を配った。他に捕り方がいないか、そのことをたしかめたのだ。

「それがどうした、ときたか。ま、いいだろう。おとなしく縛《ばく》についてもらうぜ。そのわけはおめえの胸に聞けばわかることだ」

「ほう、なんのことだ？　町方がわざわざおれに因縁《いんねん》をつけに来たってことか。ご苦労なことだ」

「ほざきやがれッ！　大多喜屋に押し入り金を盗み、仲間の直吉を殺したことは先刻承知だ。何もかもわかってんだ。いい逃れはできねえぜ」

洋之助が恫喝《どうかつ》した。さすが年季の入った同心だから、堂に入っていた。だが、伊知蔵は毫《ごう》も動じなかったばかりか、いきなり腰の刀を抜き払い、

「兼造、銀次、こいつらの他にはいねえ。たたっ斬っちまうんだ」

と、いうなり洋之助に鋭い斬撃《ざんげき》を送り込んだ。

洋之助は飛びすさりながら、腰の刀を抜き払い、

「早乙女ちゃん、出番だ」

と、いって下がった。

十内はそういわれる前に、洋之助を庇《かば》うように、伊知蔵の前に立っていた。すでに兼造と銀次も刀を抜いて、松五郎らに斬りかかっていた。

「きさま、直吉を殺すように指図したな」

十内は抜刀した刀を、右足を引きながら下段に下げた。

「それがどうした」

伊知蔵は言葉を返すやいなや、袈裟懸《けさが》けに刀を振ってきた。十内は左足を軸に、右にまわり込みながら、伊知蔵の刀をすり落とし、すかさず逆袈裟に振りあげる。

伊知蔵は半間飛んでかわしたが、休む間もなく反撃をしてきた。鋭い突きだった。それは十内の羽織の袖をかすっただけだったが、そのまま体を寄せてきた。

予想だにしない間の詰め方に、十内は内心焦った。左に体をひねりながら、右足を踏みだし、半身で背中に伊知蔵を背負う恰好で、刀を水平に頭上にかざした。その刀に伊知蔵の刀がぶつかった。

ガツンと、鈍い音が耳朶《じだ》をたたく。転瞬、十内は右へ動き、間合い二間に離れて呼吸を整えた。

伊知蔵は青眼《せいがん》に構えていた。十内も同じ構えになった。伊知蔵の右踵《かかと》が、ふわりと上がる。十内はべた足のままだ。背は伊知蔵のほうが、二寸ばかり高い。それに横幅があるので、威圧を感じる。

「神道無念流《しんとうむねんりゅう》か……」

伊知蔵が低い声を漏らした。

元町道場の師範代をしていた男だから、十内の流派を見破っていた。

「…………」

十内は答えずに静かに間合いを詰めた。周囲で怒鳴り声が交錯している。洋之助の声に、松五郎の声、そして集まってきた野次馬の悲鳴。

しかし、十内はそんなことを気にしている場合ではなかった。伊知蔵は手練《てだ》れだ。油断すると斬られる恐れがある。

両者の剣尖《けんせん》がふれあった。

十内と伊知蔵は同時に、ぶつかるように前に飛んだ。伊知蔵の刀が十内の首の左を狙って振られてくる。刃風を立てるその斬撃には、懸河《けんが》の勢いがあった。

だが、十内はそれよりも一瞬速く、伊知蔵の左脇をすり抜け、素早く身をひるがえすと、伊知蔵の右後ろの肩口を斬りつけた。

短く散った血潮が、冬の光を跳ね返したとき、伊知蔵は片膝をついていた。その首の付け根に、刀をぴたりとあてたのは洋之助だった。

「町奉行所同心に斬りつけてくるのは、お上に弓引くのも同じ。ここで成敗してもよいが、てめえらの悪事をとくとあらためなきゃならねえ。観念しやがれッ！」

洋之助は見得《みえ》を切るように、首をぐるりとまわし、聞かれもしないのに言葉をついだ。

「北町奉行所同心・服部洋之助とはおれがことだ！」

野次馬たちに、これ見よがしに自分の名を売るのは、いかにも洋之助らしい。

十内は短く嘆息して、まわりを見た。松五郎が兼造の首を押さえつけて、後ろ手に縄を打っているところだった。弁蔵は銀次を高手小手《たかてこて》に縛りあげていた。

そして、乙吉が洋之助の指図で伊知蔵に縄を打った。十内は深く斬ってはいなかった。傷は浅いはずだ。現に伊知蔵は、洋之助に立つように命じられると、平然とした顔で立ちあがった。

「あんた」

声は伊知蔵の内縁の妻・おしんだった。だが、伊知蔵は一瞥《いちべつ》しただけで何もいわなかった。

捕縛した賊三人の身柄を、いったん近くの自身番に移し、そこで洋之助が大まかなことを聞いて口書を取った。伊知蔵はなぜ大多喜屋に目をつけたのか、その理由は話さなかったが、お景のことは誰の口からも出なかった。

ようするに、お景を知っていたのは直吉ただひとりと考えてよかった。

しかし、兼造が、

「直吉の野郎が、大多喜屋の造りは隅から隅までわかるように調べてきて、その絵図面も作ったんで、いってえどうやったんだと聞くと、奥の手を使ったというだけで、教えてくれなかったんです」

と、証言したとき、十内は一瞬ひやりとした。なぜなら、洋之助がその奥の手を聞いているかと、伊知蔵と銀次に聞いたからだった。

二人は顔を見合わせただけで、首を横に振った。息を詰めていた十内は、ホッと胸をなで下ろした。

(よかった、こいつらはお景のことを何も知らなかったのだ)

洋之助はあらましの口書が完成すると、さらに詳しい調べをするために、三人の身柄を大番屋に移すことにした。

洋之助を先頭に、捕縛した罪人の縄尻を、松五郎、弁蔵、乙吉がそれぞれにつかんで茅場町《かやばちょう》の大番屋に向かった。

洋之助は手柄を立てたことで、寝不足も忘れ、意気揚々と胸を張って歩く。十内は最後尾にしたがっていたが、新シ橋通りの向柳原《むこうやなぎわら》のあたりまで来て、洋之助の隣に並んだ。

「服部さん、おれの話はすでにしてあるし、大番屋に行ったからといって、することはない」

「さようだな」

「おれはちょいと助をしただけで、手柄はあんたが立てたんだし、付き合わなくてもいいだろう」

洋之助が眉宇をひそめて見てくる。

「何を考えている。褒美《ほうび》はいまはわたせねえぜ」

「そんなのはいつだっていい」

「ほう、気前のいいことをいうね。さすが早乙女ちゃんはいい男だ」

洋之助は調子がいい。おそらく助料の褒美金をケチるはずだ。十内は先刻承知しているし、あてにもしていなかった。

「おれはお景探しがある。それをやらなきゃならない」

「おお、おお、そういうことがあったな。そうだ、そりゃ大変だ。それじゃ付き合うこともなかろう。おれも手がすいたら、手伝おうじゃねえか」

その気もないくせに、洋之助はそれらしいことをいって、口の端に笑みを浮かべた。

十内はその場で洋之助たちと別れて、お景を預けている甲造の家に向かった。

十

「それじゃ何もかも片づいたんですね」

十内の話を聞いた甲造は、身を乗りだしたが、お景はかたい表情のままだった。

「お景さん、よかったじゃありませんか」

お文がやわらかな笑みをお景に向ける。十内もそのお景を見た。

「お景、直吉は殺されてしまったが、やつは他の仲間におまえのことを話していなかったようだ。それは幸いであった。もし、他の仲間がおまえのことを知っていたら、おまえも町方の調べを受けなければならなかったのだ。だが、もう安心しな。その心配はなくなった」

「いろいろとご面倒をおかけして、なんとお礼をいえば……」

お景は涙ぐんで頭を下げ、

「でも、わたしは旦那さんを裏切った女です」

と、ぽろりと涙をこぼす。

「そのことは忘れるんだ。それがおまえのためであるし、茂兵衛のためでもある」

「そう、忘れることです」

言葉を添える甲造はさらにつづけた。

「お景さん、人は誰しも何か心に秘めたものを持っているもんです。決して口にしてはいけないことがある。それは墓場まで持っていかなきゃならない。だから、あんたも今度のことは誰にもいっちゃいけねえ、それがあんたのためだし、まわりにいる人間のためでもあるんだ。そして、生まれてくる赤ん坊のためだ」

甲造はいいことをいう。十内は感心する。さらにお文が口を開いた。

「お景さん、わたしもおじさんも、今度のことは忘れますから、どうかご安心なさってください。お景さんはただ、自分を攫った男から逃げて、道ばたで倒れたんです。それをおじさんとわたしが引き取って、今日まで看病していたんです。ただ、それだけのことなんですよ。そう思い込んでください」

「……はい、ありがとうございます。みなさんのご親切が……わたしは……」

お景は感激の涙を見せて、深々と頭を下げた。

それを静かに眺めた十内は、

「それじゃ店まで送って行ってやる。支度をしな」

と、やさしくお景の肩に手を添えた。

お景は支度するほどのことはなかった。涙をぬぐって、髪を軽くすくとそれでおしまいだった。

「世話になりました」

十内は戸口で甲造とお文を振り返って礼をいったが、すぐにあることを思いだした。

「そうだ甲造殿、お文さんに例のことは話してあるだろうか」

「美人画のことですね」

そう答えた甲造の言葉を、お文がすぐに遮った。

「早乙女様、お話は伺いました。せっかくのいい話ですけれど、わたしはお断りしたいと思います」

お文は長い睫毛を伏せて、小さく謝った。

「しかし、悪い話ではないと思うんだがな」

「早乙女様のお気遣いは大変嬉しゅうございます。ですけれど、もしわたしがその絵の先生の仕事をするとなれば、その間、おじさんはひとりで不自由しなければなりません。わたしはできるかぎり、おじさんのそばについていたいのです。どうかお許しください」

自分も目が不自由だというのに、なんというやさしい思いやりであろうか。

十内は心を打たれた。それは甲造も同じだったらしく、泣くまいと口を引き結んでいたが、その目にはいまにもあふれそうな涙がたまっていた。

「わかった。その話はなかったことにしよう。では、世話になった」

十内はそのままお景を連れて、甲造の家を離れた。

いつしか日は暮れかかっていた。

西に浮かぶ雲は、きれいな夕焼けに染まっており、その空を雁型《かりがた》になって飛んでゆく、鳥の群れがあった。

大多喜屋の近くまで来て、お景は何度か立ち止まった。そのたびに、十内は心配するな、おれがついているといって宥《なだ》めた。

店の前に来ると、掃き掃除をしていた小僧の信太がお景に気づき、ぽかんと口を開けた。それから、店に入ると、帳場に座っていた番頭の仙蔵が、目をぱちくりさせた。さらに、壺を拭《ふ》いていた手代の久作が、一瞬、動きを止めてから、

「旦那さん、旦那さん、おかみさんがお帰りになりましたよ。おかみさんがお帰りになりました」

と、声をあげた。

すぐに奥から茂兵衛が走り出てきた。しばらくお景を見つめてから、

「お景、いったいどうしていたんだい。心配で心配で夜も眠れずにいたんだよ」

と、駆け寄ってきて手を取った。

「いろいろとわけがあるんだ。ちょっと上がっていいか」

十内がいえば、茂兵衛はどうぞどうぞと、奥の客座敷にあげてくれた。お景と十内は茂兵衛の前に並んで座った。番頭以下の奉公人が、その座敷の入り口に集まっていた。

「お景、いままでどうしていたか、自分で話すんだ」

十内がうながすと、お景は小さな声でとつとつと話していった。それは十内と甲造が教えたとおりのことだった。

「すると、おまえはその攫った悪い男から逃げて、倒れていたところを甲造さんという方に助けられたってことなんだね。悪い男には何もされなかっただろうね」

「何もされませんでした。でも、わたしずっと熱を出して甲造さんの家に厄介になっていたんです。お文さんという娘さんが、それは熱心に看病してくださり……」

「そりゃあ災難だった。いい人に助けられてよかったじゃないか。しかし、なぜ、そのときすぐうちに知らせてくれなかった?」

「お景を攫った悪い男に怯えていたんだ」

十内が口を挟んでつづけた。

「もし、自分が店に帰ったら、またその男が待ち伏せしているんじゃないかと心配だったらしい。それに万が一、店に迷惑のかかるようなことがあったら、それも困ると思っていたんだ。おまけに、お景は熱を出して床に伏せったままだった。助けてくれたのは、甲造という指物師だが、両膝が悪くて歩くのがままならない。そして、いっしょに住んでいるお文という娘は、目が不自由でこれも外出がままならぬ。そんなわけで、お景は熱が下がるのを待って帰ろうと思っていた。そうだな、お景」

お景は蚊の鳴くような声で「はい」と、うなずき、両手をついてご心配をおかけしましたと、頭を下げた。

「もうひとつ、すぐに起き上がれなかったことがある。じつはお景の腹には、茂兵衛との子がいるんだ」

茂兵衛はえっと、大きく目を見開いて驚いた。

「お景、それはほんとうかい。赤ん坊ができたのかい」

「はい、旦那さんの子がここに……」

お景はやさしく自分の腹をなでた。

「そうかい、そうだったのかい。そりゃよかった、いや、おまえがいなくなってからうちにも大変なことが起きてね。でも、まあよく帰ってきてくれた。ささ、疲れてるんじゃないか、今日は早めに横になったほうがいいだろう」

茂兵衛はお景を気遣ってから、あらためて十内に丁重な礼をいった。

「落ち着いたところで、甲造に礼をしに行くといいだろう。先方はその必要はないといっているが、まあ、そうもいくまい」

「もちろんでございます。それにしても、ほんとうにお世話になりました。これこのとおり礼を申しあげます」

「それから、もうひとつ伝えることがある。この店に入った賊は無事に捕まえられた。明日にでも町方の服部さんから知らせがあるだろう」

「ほんとうですか。いや、これで何もかも安心でございます」

茂兵衛は繰り返し礼をいって、表まで十内についてゆき見送ってくれた。もちろんお景探しの謝礼も忘れなかったが、それは約束より十両も多い金額だった。

すべてがうまく片づき、懐も潤った十内だが、何だか疲れていた。いつになく、あれやこれやと、神経をまわさなければならなかったせいかもしれない。

すでに夕闇が濃くなっており、通りのあちこちにある料理屋や居酒屋のあかりがついている。遅くまで仕事をしていたらしい職人が、急ぎ足で家路を急いでいれば、これから一杯やりに行こうと連れだって歩いている男たちの姿もあった。

十内もどこかで一杯引っかけようかと、頭の隅でちらりと考えたが、先に湯屋に行き疲れを癒やしたいと考えなおした。

冬の夜空にはあかるい星たちが、光り輝きながら散らばり、神無月が浮かんでいた。

十内はホッと短い嘆息をして、家の戸口を開けた。家のなかは真っ暗である。しかし、雪駄を脱ごうとしたときに、すぐそばの座敷に人の影があるのに気づいた。

「誰だッ？」

とっさに身構えて、十内は刀の柄《つか》に手をやった。

座敷に座っている影は、ゆっくり立ちあがった。女のようだ。十内は眉宇をひそめて、もう一度誰何《すいか》した。

「あたしです。お夕です」

嘘だと思った。しかし、その声はまぎれもなくお夕の声だった。

「なんで、おめえがここにいるんだ。それより、あかりを……」

　お夕はすぐそばの行灯に火を入れた。暗かった座敷が急にあかるくなった。行灯のあかりが、お夕を照らしている。

「おまえ……いったいどうして、越後に帰ったんじゃないのか、まさか幽霊じゃないだろうな」

　十内はゆっくり座敷にあがった。

「ばかッ、幽霊なんかであるもんですか。あたし、あたし……」

　行灯の前に片膝をついていたお夕が立ちあがった。

「どうした」

「あたし、帰ってきちゃった」

　お夕はそういうなり、みるみると泣き顔になって、十内の胸のなかに飛び込んできた。

「あたし、江戸が恋しくて、田舎にいるのがいやになって……そして、そして……」

「そしてなんだ？」

「早乙女さんに会いたくて、いっしょにいたいと思って、それで帰ってきちゃった」

お夕は訴えるようにいうと、十内にしがみついた。

「いっしょにいてはだめ？　迷惑？　あたし、早乙女さんが……」

お夕は口が利けなくなった。十内がいきなり唇を重ねたからだった。

それからゆっくり唇を離すと、

「あたし、ここに住みたい。住んでいいですか？」

お夕はまっすぐ、澄んだ瞳を向けてきた。やはりきれいだ、と十内は思った。もうお夕は娘ではない。立派な大人だ。

「だめ？」

お夕は自信なさそうな顔をした。

「だめといえるか」

十内は受けてから、もう一度お夕の唇に自分のを重ねた。お夕が背中に両手をまわしてくる。十内もお夕の腰に両手をまわした。

この作品は書き下ろしです。

よろず屋《や》稼《か》業《ぎょう》　早《さ》乙《おと》女《め》十内《じゅうない》(六)

神無月《かんなづき》の惑《まど》い

稲葉稔《いなばみのる》

平成25年12月5日　初版発行

発行人——石原正康
編集人——永島賞二
発行所——株式会社幻冬舎
〒151-0051東京都渋谷区千駄ヶ谷4-9-7
電話　03(5411)6222(営業)
　　　03(5411)6211(編集)
　　振替00120-8-767643
印刷・製本—図書印刷株式会社
装丁者——高橋雅之

幻冬舎時代小説文庫

ISBN978-4-344-42126-4　C0193　　い-34-9